Apaixonada por você

PAULA PIMENTA
Apaixonada por você

Copyright © 2025 Paula Pimenta
Copyright desta edição © 2025 Editora Gutenberg

Todos os direitos reservados pela Editora Gutenberg. Nenhuma parte desta publicação poderá ser reproduzida, seja por meios mecânicos, eletrônicos, seja via cópia xerográfica, sem a autorização prévia da Editora.

EDITORA RESPONSÁVEL
Rejane Dias

REVISÃO
Julia Sousa
Cecilia Martins
Déborah Dietrich
Lorrany Silva

CAPA E PROJETO GRÁFICO
Diogo Droschi
(Sobre imagens
de Adobe Stock)

DIAGRAMAÇÃO
Guilherme Fagundes

Dados Internacionais de Catalogação na Publicação (CIP)
(Câmara Brasileira do Livro, SP, Brasil)

Pimenta, Paula
   Apaixonada por você : crônicas / Paula Pimenta. -- 1. ed.
-- Belo Horizonte, MG : Gutenberg, 2025.

   ISBN 978-85-8235-815-3

   1. Crônicas - Literatura juvenil I. Título.

25-269097   CDD-028.5

Índices para catálogo sistemático:
1. Crônicas : Literatura juvenil 028.5

Cibele Maria Dias - Bibliotecária - CRB-8/9427

A **GUTENBERG** É UMA EDITORA DO **GRUPO AUTÊNTICA** ⦿

Belo Horizonte
Rua Carlos Turner, 420
Silveira . 31140-520
Belo Horizonte . MG
Tel.: (55 31) 3465 4500

São Paulo
Av. Paulista, 2.073 . Conjunto Nacional
Horsa I . Salas 404-406 . Bela Vista
01311-940 . São Paulo . SP
Tel.: (55 11) 3034 4468

www.editoragutenberg.com.br
SAC: atendimentoleitor@grupoautentica.com.br

Mabel, este livro é pra você, filhinha.
Porque eu sou e sempre serei apaixonada por você.

Agradecimentos

Em primeiro lugar, obrigada aos meus leitores, especialmente os mais antigos, que gostaram tanto de *Apaixonada por palavras* e *Apaixonada por histórias* que pediram incansavelmente por outro livro de crônicas.

Mamãe, Bruno e toda minha família, por vibrarem a cada novo livro e torcerem tanto por mim!

Ao pessoal do Grupo Autêntica, por todo tempo que estamos juntos e por continuarem sempre acreditando no meu trabalho.

À *Revista Encontro*, por ter publicado minhas crônicas por tantos anos.

Meninas do @paulapimentainfos, leitoras que viraram amigas, nem sei como agradecer por toda divulgação, surpresas e carinho! Adoro vocês!

Anna Clara e Clarissa, obrigada por ajudarem a escolher os depoimentos e as frases em destaque nas crônicas, por cuidarem tão bem do @paulapimentahistorias e por serem meu braço direito e esquerdo!

Nara, Milena, Ana Luísa, Natália, Mariana, Bia e Izabela, obrigada por enfeitarem a orelha e a 4ª capa do livro com suas lindas palavras!

Ao Kiko, por estar sempre por perto, por me apoiar tanto, e por fazer todo o possível para que eu consiga me dedicar à escrita.

À Mabel, por toda inspiração. Você me faz ter vontade de escrever novas histórias todos os dias!

Sumário

Introdução 15

A velocidade do tempo 17

Inverno 20

Prejuízos da maternidade 23

Partida 26

Beleza de verdade 29

O que eu vou ser quando crescer? 32

Presente virtual, passado real 35

Feliz Ano-Novo! 38

A idade da responsabilidade 41

Popstars 44

Quarentena 47

Insônia 50

Fases da vida na pandemia 53

Fiquei velha 56

A distância encurtou 58

A linguagem dos bebês 61

Achado não é roubado 64

Como sobreviver a um amor à distância 67

Despedida 70

Cachorros e gatos 73

Outra vez insônia 76

Diário de uma mãe exausta 79

Para ser um escritor 82

Cringe? 86

A (difícil) adaptação de livros para o cinema 89

Carta de despedida 92

Peixe surpresa 95

Os anos pares são os melhores 97

Imprevistos 100

Bluey 103

O tombo da árvore 106

Gripe escolar 109

A beleza de cada um 112

Prato do dia 114

A despedida do bubu 117

O casamento da minha leitora 120

Assalto 123

Histórias coloridas 126

De onde surgem os livros 129

Receita de família 132

A porquinha de verdade 135

Sonho de fã 138

Luto do que já vivi 141

Maquiagem social 144

Aprendendo a esperar 147

A ginástica da menininha 150

A gota da felicidade...152

Apaixonada por você..155

Mãos dadas..158

Você quer ser minha amiga?..161

Zero problemas e um contratempo...............................164

A história da Pretinha 168

Promete? 172

Você é assim
Um sonho pra mim
E quando eu não te vejo
Eu penso em você
Desde o amanhecer
Até quando eu me deito...

(Tribalistas)

Introdução

Quando lancei *Apaixonada por histórias*, em 2014, depois de ter lançado *Apaixonada por palavras*, em 2011, eu já sabia que em algum momento viria um novo livro de crônicas, porque eu sempre tenho muitas histórias para contar!

A maior parte destas crônicas foi publicada primeiro na *Revista Encontro*, algumas em outros veículos e outras foram feitas especialmente para este livro. Como de costume, inseri as datas em que foram escritas, para que possam ser lidas no contexto da época. Acho que vocês vão notar mais uma vez que várias páginas dos meus romances foram inspiradas na minha vida...

Apesar do nome doce, este é um dos livros mais amargos que já escrevi. Simplesmente por um motivo. Ele atravessou a pandemia comigo. Quando comecei a prepará-lo e reli estas crônicas, que escrevi de 2019 a 2025, me senti uma sobrevivente. No começo, textos leves, coloridos, mas de repente deram lugar ao preto e branco que vivemos por mais de dois anos. Algumas das crônicas dessa época eu mal consigo reler, pois sinto de volta todos aqueles sentimentos angustiantes e desalentadores de uma fase que, olhando para trás agora, parece ter passado rápido, mas na época parecia que nunca iria terminar. E, um pouco mais à frente, pude notar a cor voltar às minhas palavras, o sol aparecer depois de uma longa tempestade. Mas, entremeando todas essas fases, tive o alento agridoce da maternidade, a descoberta de que, por mais que o dia esteja nublado, apenas um sorriso da minha filha é suficiente para dissipar qualquer nuvem e trazer o céu azul de volta... Seja da forma que for, o amor sempre vai ser nosso maior combustível.

Estou torcendo para vocês gostarem, e que este livro também possa trazer muito amor para vocês!

Boa leitura!

A velocidade do tempo

MAIO/2019

> *Hoje o tempo voa, amor*
> *Escorre pelas mãos*
> *Mesmo sem se sentir*
> *E não há tempo que volte, amor*
> *Vamos viver tudo que há pra viver...*

(Tempos Modernos – Lulu Santos)

No último fim de semana, estive no aniversário de uma amiga, que quis comemorar a entrada dos 45 em grande estilo... Uma festa como eu não ia há tempos, com muita gente, muita comida, muita música, muita animação! Lá estavam algumas das minhas amigas de infância e, talvez por vê-las com frequência, não consigo detectar sinais de envelhecimento, é como se ainda fôssemos as mesmas garotas de quando estudávamos juntas, como se o tempo não tivesse passado para nós.

E era assim mesmo que estávamos nos sentindo. Jovens, animadas, com vitalidade de sobra. Até que a filha da minha amiga aniversariante, de 15 anos, veio nos cumprimentar, toda linda, sorridente e com aquele olhar de esperança que os adolescentes têm. Ela logo se afastou, e nós comentamos como estava crescida e bonita. A mãe da menina contou que ela já estava até namorando, e foi então que uma outra amiga minha fez a seguinte observação: "É assustador que, nem há tanto tempo assim, nós éramos ela".

Aquilo nos deixou meio pensativas e melancólicas. Realmente ainda "ontem" estávamos em festas de debutantes, com os primeiros namorados, muito sonhadoras, pensando que demoraríamos uma eternidade para ficar adultas... Mas não demorou tanto assim. Olhando de onde estou agora, parece que foram poucos dias, que em um momento eu estava na minha festa de 15 anos e que, ao acordar pela manhã, me deparei comigo no espelho, décadas mais velha. Talvez por isso eu goste tanto do filme *De repente 30*, que tem exatamente essa temática. Me identifico... A diferença é que, ao contrário da mocinha do filme, eu me lembro perfeitamente dos dias que separam a Paula adolescente da que hoje eu sou.

Aos 15 anos, eu tinha que dar satisfação de todos os meus passos. Havia um horário para chegar em casa. Eu não podia viajar sozinha. Para comprar o que quer que fosse, precisava pedir dinheiro aos meus pais. Eu me preocupava muito com o que os outros estavam pensando. Apesar de toda intensidade de sentimentos e força de vontade de sobra, naquela época eu só podia sonhar...

Mas eu recordo também de tudo que veio depois.

Eu me lembro da sensação maravilhosa de passar no vestibular, dos anos na faculdade, do dia em que tirei carteira de motorista, do primeiro estágio, dos primeiros empregos, das inúmeras festas, de todas as viagens, de todos os amigos que fiz, do lançamento do meu primeiro livro e todos que vieram depois, do dia em que conheci o amor da minha vida, do nosso casamento, do nascimento da minha filha. Lembro de cada momento marcante que me fez ser quem hoje eu sou e, olhando daqui agora, eu não gostaria de trocar de lugar com a Paula de 15 anos. Sou feliz com a idade que tenho, e, especialmente, com tudo que vivi para chegar até aqui.

Depois daquele choque de realidade, quando notamos que já passamos dos 15 há muito tempo, eu e minhas amigas voltamos a nos divertir. As músicas da festa eram todas da "nossa época" (como minha mãe costuma dizer), e dançamos e cantamos com aquela euforia típica dos adolescentes, tão leves, soltos e livres, como se só aquela noite importasse. Notamos que, ao nosso lado, umas senhoras bem mais velhas do que nós estavam dançando também, superanimadas, certamente nos olhando e pensando como o tempo tinha passado depressa desde que tinham a nossa idade... Sorri para elas sabendo que num piscar de olhos eu estarei ali.

O tempo na festa passou rápido também. Quando dei por mim, já era madrugada, hora de ir embora, porque as obrigações do dia seguinte estavam me esperando. Mas dormi feliz, certa de que *os anos que carregamos na carteira de identidade não querem dizer nada, é na alma que reside nossa verdadeira idade*. Isso até abrir o WhatsApp na manhã seguinte e ver todas as minhas amigas reclamando dos pés doendo por causa do salto alto e da ressaca por causa dos (muitos) espumantes...

Nesse aspecto, até que eu gostaria de voltar a ser a Paula adolescente. Junto com toda a experiência, bem que podia ter vindo de brinde aqueles pés que não sentiam dor e a resistência para noitadas... Porque hoje eu troco qualquer evento por ficar em casa. E qualquer salto por um bom par de Havaianas! ♥

Inverno

JUNHO/2019

Estamos em pleno inverno. Essa estação divide opiniões, uns esperam ansiosamente por ela, outros gostariam de poder cortar do calendário. Eu sou do time que fica contando os dias para usar blusa de lã, cachecol e bota! Mais do que isso, fico checando dia após dia o aplicativo de clima no celular para ver se finalmente alguma frente fria irá chegar. E, quando vejo o anúncio de dias mais frescos, saio anunciando, compartilhando minha alegria com todo mundo.

Infelizmente, nos últimos tempos, parece que o inverno se esqueceu de BH. Meu aniversário, que é no começo de junho, sempre foi um dia notoriamente frio. Neste ano tive até que mudar o "look" que havia planejado usar na ocasião! Lembro que alguns anos atrás eu costumava fazer fondues, desfilar todo o meu guarda-roupa de frio e usar até um cobertor elétrico... Agora é no máximo um moletom! E o edredom básico, muitas vezes, é inclusive deixado de lado.

Exatamente por ser tão apaixonada pelo inverno e por morar em um país tropical, já corri atrás dessa estação várias vezes...

A maioria das pessoas, quando se fala em lua de mel, imagina uma praia paradisíaca, não é? Pois a minha foi na neve. Acho que *nada é mais romântico do que um friozinho a dois.*

Outro caso: Todos os meus amigos, no verão, sonham com sol e mar. Eu sonho em ir para o hemisfério norte, para fugir do calor! E, quando é inverno na América do Sul, dou um jeito de viajar para nossos países vizinhos que vivem essa estação em toda sua plenitude. O Chile até foi cenário de uma das minhas histórias.[1] Mas o que quase ninguém sabe é que uma das passagens desse livro foi inspirada em fatos reais.

Eu e meu marido fomos passar uns dias nesse país, e uma das cidades do roteiro era Pucón. Eu não sabia o que esperar, mas ao chegar lá foi amor à primeira vista. O local é um vilarejo cheio de restaurantes e cafés charmosos, ao pé de uma montanha que abriga um vulcão e ao lado de um lindo lago. Eu me senti em um quadro de tão lindo que era o cenário. Resolvemos reservar um dia para subir a tal montanha. Meu marido queria esquiar, e eu, que estava terminando de escrever um livro, iria aproveitar a vista para ficar mais inspirada.

Antes de Pucón, havíamos passado uns dias no Valle Nevado, e quem conhece o vale sabe que o local possui uma superestrutura, com restaurantes e cafés com aquecedores potentes, que nos fazem até esquecer que do lado de fora a temperatura está abaixo de zero... Eu imaginava que aquela estação de esqui também seria assim e por isso não fui tão agasalhada. Mas bastou pisarmos lá em cima para eu ver que estava enganada. Até tinha uma lanchonete, mas lá dentro estava tão ou mais gelado do que a montanha! As mesas estavam todas sujas e ocupadas, e logo vi que meu sonho de escrever apreciando o visual com uma caneca de chocolate quente não iria se realizar! Passei umas três horas – o tempo

---

[1] "Enquanto a neve cair", que está no livro *Um ano inesquecível*.

que meu marido explorou todas as pistas de esqui – tremendo e até sonhando em estar no Rio de Janeiro no auge do verão com seus 50 graus!

Quando ele finalmente se cansou, avisou que ia descer a montanha esquiando e me encontraria lá embaixo, no início do teleférico. Achei ótimo, eu só precisaria sentar naquela cadeirinha e, em pouco tempo, já estaria dentro do carro, com o aquecedor ligado na máxima potência. Eu só não contava com a nevasca que resolveu cair bem naquela hora. Enquanto o teleférico descia, a chuva de neve batia no meu rosto e, por mais que eu estivesse com gorro e casaco, o frio parecia que entrava pelos meus poros. Até chorei de dor, pois minha luva – que eu imaginava ser impermeável – parecia estar furada, não serviu em nada para me aquecer. Cheguei a pensar que meus dedos iriam cair, que minhas mãos iriam gangrenar!

Quando finalmente o percurso terminou, uns vinte minutos depois, descontei toda a raiva no meu marido, que morreu de rir do meu drama e só disse que nas próximas férias deveríamos ir para uma praia... Chorei e xinguei mais um pouco, mas depois de um banho quente a minha raiva acabou passando.

Para compensar o sufoco do dia, fomos jantar em um restaurante bem aconchegante. Assim que nos sentamos ao lado da lareira vendo a neve cair lá fora eu entendi tudo. Eu não amo sentir frio, e sim a atmosfera que ele proporciona. Bastou chegar os fondues de queijo e de chocolate com um bom vinho que eu instantaneamente voltei a amar a estação.

Agora eu já sei onde devo ir quando quiser ter inspiração para novas histórias... ♥

Prejuízos da maternidade

JULHO/2019

Sempre soube que ter filhos acrescenta gastos ao orçamento, mas eu imaginava que os tais gastos fossem relacionados a fraldas, lenços umedecidos, leite em pó, remédios, roupas e, um pouco mais tarde, escola. Porém, acabei descobrindo (da pior forma possível) que não era só isso...

Quando nossa filha nasceu, eu e meu marido havíamos acabado de comprar um apartamento. Passamos meses, aliás, anos procurando o lugar perfeito. E apenas com a iminência do nascimento dela é que resolvemos deixar a perfeição de lado e acabamos escolhendo o que mais se encaixava no que sonhávamos de acordo com as ofertas disponíveis. Só que comprar um imóvel requer certa burocracia, e com isso acabamos conseguindo pegar as chaves quando faltava menos de dois meses para a Mabel nascer.

Como queríamos fazer uma pequena reforma, com sete meses e meio de gravidez me vi rodeada de pintores, pedreiros, marceneiros... E ainda por cima meu marido estava viajando a trabalho. Realmente um pesadelo que não desejo para nenhuma grávida! Por sorte tive muita ajuda da família.

Tudo estava se encaminhando para entrarmos no local algumas semanas antes do parto, mas eu não contava com um detalhe... Minha filha resolveu nascer antes da hora. Por isso, a primeira noite que dormimos no nosso apartamento já foi em companhia dela.

Tudo certo e até um pouco romântico, certamente ela vai gostar de saber desse caso quando crescer. Só que com isso acabamos não finalizando os últimos detalhes, aqueles que nos fazem chamar uma casa de lar. Cama e berço já havíamos providenciado, graças a Deus! Mas ainda faltavam outros móveis, cortinas, utensílios domésticos, fogão, forno... Porém quem já teve filho sabe que os primeiros meses pós-parto não são brincadeira. A falta de sono, o desgaste emocional, os cuidados constantes com o neném (e eu ainda por cima não quis ter babá) fazem com que sair de casa seja a última coisa da lista de prioridades. Por isso tudo, apenas agora, com a Mabel prestes a completar um ano, é que realmente estamos tentando finalizar a decoração do local. Nossa filhinha já pode acompanhar nossas excursões a shoppings e lojas de interiores e até mesmo "opina", mostrando se gosta ou não dos móveis que olhamos. E é aqui que realmente começa a história.

Algumas semanas atrás, estávamos em busca de um sofá. Depois de muito procurar, acabamos encontrando um que era bem parecido com o que havíamos imaginado. Enquanto meu marido conversava sobre o valor e o prazo de entrega com o vendedor, vi que a Mabel estava meio impaciente e por isso resolvi passear pela loja com ela. Só que em um único momento de distração, enquanto parei para prestar atenção no que o vendedor dizia, ela, que estava no meu colo, puxou com suas mãozinhas ágeis um adorno pesado, que caiu em cima de uma mesa de vidro... Imagina meu susto! Minha primeira reação foi me afastar para o tal enfeite não cair em cima dela, mas logo depois veio a consciência do estrago... A mesa espatifou-se, e vi sobre mim os olhares de todas as pessoas que estavam no local.

Meu marido rapidamente avisou que assumiríamos o prejuízo (que foi bem caro!), e, como comecei a chorar, várias vendedoras vieram me consolar, dizendo que poderia ter sido pior, que a Mabel poderia ter se machucado... Claro que eu sabia disso, aliás, a razão principal das minhas lágrimas foi a culpa por não ter tomado conta dela direito! Apenas fui me sentir melhor quando todos que ficaram sabendo do caso vieram me dizer que bebês são mesmo travessos e que eu não deveria me sentir culpada.

Prejuízo pago, o que ficou realmente foi a lição de que não dá para bobear. Agora não desvio os olhos da minha pequena peralta nem por um segundo e só ando com ela a uma boa distância de qualquer objeto frágil.

Aliás, se eu posso dar um conselho para mães e futuras mães é este: *nunca circule com seu bebê por uma loja de móveis e decoração, a não ser que ele esteja com uma camisa de força!*

Ou não invente de se mudar grávida para lugar nenhum... ♥

Partida

AGOSTO/2019

Há alguns dias, perdi a minha avó. Apesar dos seus quase 96 anos, a sensação que ainda me assalta é a de que foi pouco. Eu queria mais. Ela era uma daquelas pessoas de que todo mundo gostava. A presença dela era tão marcante e a companhia era tão agradável que ficou um enorme vazio. Na cabeceira da mesa. Nas festas de família. Na poltrona do quarto.

Todos nós sabemos que um dia iremos partir. Essa é a única certeza que temos na vida. Ninguém sabe quando nem onde, mas nascemos com o conhecimento de que estamos aqui de passagem. Exatamente por essa razão, a despedida deveria ser mais fácil, mas não é assim... Cada pessoa que parte deixa várias outras desconsoladas, desejando poder voltar no tempo para reviver momentos, fazer declarações de afeto, mudar alguma coisa ou simplesmente passar mais uns minutinhos junto a ela para poder dizer adeus. Acho que talvez a maior razão da dor de quem fica seja exatamente esta, a falta de uma despedida real. Fica sempre uma sensação de incompletude, nos sentimos meio abandonados, deixados para trás.

Isso me lembra de um livro que li há algum tempo – *Destino*, da autora Ally Condie. A história é uma distopia, passada muitos anos no futuro, e nela a sociedade é toda controlada pelos governantes. Nada acontece de improviso, tudo é predeterminado: a profissão das pessoas, com quem elas irão se casar e também o dia da morte. Nessa sociedade, aos 80 anos, todos têm que morrer, é feito um banquete final para que os familiares e os amigos possam se despedir da pessoa, e, então, ela dorme para sempre.

Será que, se fosse assim, seria mais fácil? Se já soubéssemos o dia da partida de alguém, sofreríamos menos, por termos nos preparado por antecipação? Eu acho que talvez seria até mais difícil. Imagino aquela contagem regressiva implacável, nos lembrando que a data da separação estava cada dia mais próxima. Na verdade, nós também temos esse relógio invisível impiedoso, só que nunca sabemos o momento em que ele vai parar. E isso nos dá uma falsa esperança, a sensação de que conseguiremos burlá-lo e que aquela pessoa de que nós mais gostamos vai viver para sempre. Exatamente por isso, o choque sempre vem quando percebemos que não dá para enganar o tempo. Ele é inflexível. *A hora da partida sempre chega, e no lugar da pessoa querida sobram só as lembranças. E são elas que nos consolam, que acabam transformando a tristeza em saudade.*

E são a essas lembranças que me apego agora. De todas as histórias que vivi com a minha avó, lembro-me de uma engraçada, quando eu ainda era bem criança. Eu era muito xereta, e a vovó sempre teve pânico de mexermos nas coisas dela. Só que num certo dia ela estava louca atrás de uma chave que tinha perdido e pediu para São Longuinho que a ajudasse a encontrá-la. Aproveitei que ela estava distraída com isso e, sem que visse, adentrei em um dos quartos "proibidos" da casa dela, subi em um armário e dei de cara com uma chave. Mostrei para ela na mesma hora, tendo que confessar a minha arte, mas, como era exatamente a chave perdida, ela nem brigou, deu vários pulos para

São Longuinho, e eu até hoje tenho a certeza de que foi o santo que me mandou fuxicar aquele local.

Como essa, tenho várias outras memórias, a vovó vai continuar para sempre por aqui... Nas lembranças, nos casos que contarei para a minha filha, nos hábitos que peguei dela e repito no dia a dia sem nem me dar conta.

De todos os ensinamentos que a minha avó deixou, acho que o mais importante foi: seja feliz e tenha uma vida longa. A risada dela vai permanecer para sempre em meus ouvidos. Ela foi feliz até o final. E tenho certeza de que é assim que ela quer que eu fique também.

Obrigada pela companhia por tanto tempo, vovó. Até algum dia. Vou te amar para sempre... ♥

Beleza de verdade

SETEMBRO/2019

Um novo livro de Scott Westerfeld acaba de ser lançado. Fiquei feliz com a notícia, pois gosto do autor desde que li *Feios*, sua obra mais conhecida. Nessa história, ao completar 16 anos, todas as pessoas são submetidas a uma cirurgia para deixarem de ser feias... Após a operação, se tornam perfeitas e, com isso, ficam todas iguais. Nenhuma imperfeição, nenhuma característica única, nenhuma peculiaridade.

Volta e meia eu me pego pensando se o nosso mundo fosse assim. Se ao nosso redor só existissem pessoas lindas. Será que não ia ser cansativo? Não é exatamente nos defeitos que está a graça?

Na verdade, beleza é algo relativo. O que é bonito para mim pode não ser para você. E que bom que é assim, senão o mundo seria um lugar extremamente chato.

Quando eu tinha 16 anos, era apaixonada por um menino que tinha o nariz um pouco grande. Mas ele era tão fofo que eu nem ligava. Era o charme dele. Eu não queria o garoto mais lindo da escola, que parecia um modelo. Eu queria aquele que aos meus olhos era o mais interessante. Aquele que era o mais lindo para mim.

Mas não é todo mundo que pensa assim. Uns anos atrás, lembro-me do caso de uma menina que sofreu um cyber-bullying violento porque tinha as sobrancelhas muito grossas. O nome dela foi parar até nos *trending topics* do Twitter.

Algumas poucas pessoas a defenderam, mas a maioria dizia que ela merecia a humilhação, pois precisava mesmo pinçar as sobrancelhas. Ela era uma menina comum, como tantas outras de 11 anos. Só que, de repente, alguém achou que era engraçado roubar uma foto dela e postar nas redes sociais o defeito que *ele* via. E a partir daí a garota ficou famosa, infelizmente por algo que eu imagino que renderá um trauma.

Que mundo é esse em que estamos vivendo onde menininhas, em vez de brincar sem preocupações, precisam estar atentas, tão novinhas, à sua aparência? Lembro que, quando eu tinha 11 anos, não estava nem aí para isso. Eu era baixinha e gordinha... mas muito feliz! Tinha uma família amorosa, muitas amigas, e era isso que importava. Só uns três anos depois é que a vaidade bateu à minha porta, e eu comecei a prestar atenção no cabelo, no peso, na pele, nas unhas, nas roupas... e nunca mais parei. A preocupação com o visual é tão inerente à vida feminina que fazemos isso sem sentir. Faz parte de ser mulher. Mas hoje em dia as meninas têm que crescer à força, sob o risco de sofrerem bullying.

Em minha opinião, *as pessoas que mais se destacam são exatamente as que têm algo incomum, que não se rendem aos modismos, que se amam como são*. Inclusive temos atrizes lindas que se orgulham de suas sobrancelhas grossas. Alguém tem coragem de dizer que a Malu Mader e a Lily Collins são feias?

Acho que quem julga e divulga defeitos alheios deve ter uma vida tão entediante que até sobra tempo para observar e invejar a dos outros. Se essas pessoas fossem tão perfeitas e especiais, garanto que não estariam escondidas atrás de um computador, se preocupando com as "supostas" imperfeições dos outros.

São as atitudes que nos definem. Pessoas preconceituosas, mal-educadas e que gostam de falar mal dos outros... nem com todas as cirurgias plásticas do mundo ficam bonitas!

Na história *A Bela e a Fera*, o príncipe era uma dessas pessoas. Maldoso, egoísta, se achava melhor do que todo mundo... até que foi enfeitiçado e virou um monstro, refletindo exatamente como era por dentro. Enquanto ele não aprendeu a ser bom e gentil, para que pudesse ser amado, o feitiço não se quebrou.

Ao contrário da sociedade do livro que citei no começo, seria mais interessante se – em vez de operarem para ficar bonitas – todas as pessoas se tornassem feias da noite para o dia. Assim, teríamos que focar e cuidar do que realmente importa, da verdadeira beleza. A que existe dentro de cada um de nós. ♥

O que eu vou ser quando crescer?

OUTUBRO/2019

O fim do ano está chegando. Para muitos, essa é a ocasião de desacelerar, de curtir as festas, o verão... Mas uma grande parte da população tem planos bem diferentes para essa época: os vestibulares e o temido ENEM.

A escolha da profissão parece tão simples quando a gente é criança, sempre temos na ponta da língua a resposta para a clássica pergunta: "O que você vai ser quando crescer?". E ela geralmente é: "bailarina", "cantora", "jogador de futebol"... Na infância levamos em conta apenas a emoção, pois é a etapa em que acreditamos que nossa vontade é suficiente para tornar as coisas possíveis. Os pais acham graça e até incentivam aqueles sonhos, porém, ao chegarmos à adolescência, nos explicam que não basta sonhar. É preciso escolher uma carreira segura, que nos sustente, que dê status, que possa realizar as nossas ambições...

Essa fase realmente não é fácil. Lembro que, quando fiz vestibular, todos me cobravam uma resposta, afinal, com 16 anos eu já deveria saber o que almejava fazer pelo resto da minha vida, certo? Errado. Eu não tinha a menor ideia do que queria para o meu futuro. Só sabia que era louca por música, que adorava escrever, que amava animais e que detestava matemática e física. Eu invejava profundamente os meus colegas que, desde os 5 anos de idade, diziam: "Quero ser médico!", e durante a vida inteira se prepararam mentalmente para isso. Até o momento de fazer a inscrição no vestibular, eu ainda tinha dúvidas! Acabei escolhendo Jornalismo, pois isso parecia a coisa certa a se fazer. Eu era muito boa em português, escrevia poesias, minhas redações eram muito elogiadas... Mas, com isso, guardei no fundo do peito a vontade de ser veterinária. Quando intimamente eu achava que devia era estudar música.

Bastou entrar na faculdade para que eu percebesse que o que a gente pensa que sabe sobre uma profissão não é bem o que ela é na prática. Não basta ter aptidão, é preciso se perguntar: "Eu gosto disso como um *hobby* ou para fazer todos os dias?". Logo que passei a ser obrigada a escrever, percebi que o que eu realmente gostava era de colocar minhas emoções no papel, e não de relatar os fatos imparcialmente. Foi quando entendi que não era bem ser jornalista que eu desejava... A minha vontade real era de ser escritora.

O problema é que a vida inteira eu havia aprendido que *escritora* não era uma profissão "de verdade". Os escritores que eu conhecia eram também médicos, jornalistas, professores... Então, em vez de investir nisso de cara, pedi transferência para o curso de Publicidade, uma carreira em que eu poderia ser criativa e ter estabilidade ao mesmo tempo. A partir disso, passei a escrever só nas horas vagas e apenas vários anos depois da formatura, quando percebi que eu continuava insatisfeita, é que resolvi largar tudo e ir passar um ano em Londres, onde fiz um curso de Escrita Criativa que mudou minha vida. Na verdade, não foi bem o curso, mas o fato de ele ter me despertado a vontade de escrever um romance do início ao fim. E foi esse romance[2] que transformou toda a minha história e que me fez descobrir que ser escritora é, sim, uma excelente profissão.

---

[2] *Fazendo meu filme.*

Então, este é o conselho que dou para todos os jovens que estão indecisos nesse momento da escolha profissional: Não pense que sua decisão é permanente. Você não tem que acertar de primeira. *A vida é longa, dá tempo de experimentar algumas vezes antes de escolher o caminho definitivo.* E, mesmo depois de escolhido, ainda dá para voltar atrás, começar tudo de novo... Claro que, quanto antes descobrir o que realmente quer, mais cedo você vai se realizar profissionalmente. Mas não pense nessa escolha como se fosse sua única chance, senão a pressão pode atrapalhar muito! O mais importante é se lembrar daquela frase clichê, mas que é tão verdadeira: Siga o seu coração! ♥

Presente virtual, passado real

NOVEMBRO/2019

Na semana passada, eu estava procurando umas fotos antigas e sem querer encontrei uma pasta velha, meio empoeirada. Quando abri, tive a maior surpresa... Ela continha a minha coleção de "papéis de carta". Se você tem menos de 25 anos, provavelmente não deve estar entendendo o sentido de uma coleção dessas, pois já nasceu na era da internet. Mas o fato é que os e-mails tão ágeis de hoje em dia não existiam alguns anos atrás... E muito menos as redes sociais. Aliás, quando eu era adolescente, o termo "rede social" nem tinha sido inventado. A internet foi se popularizar quando eu já estava na faculdade e, mesmo nessa ocasião, o Facebook ainda estava muito longe de nascer. Não tem "tanto" tempo assim, mas, em pouco mais de uma década, a internet mudou totalmente a comunicação do mundo inteiro.

A primeira vez que eu interagi com alguém pelo computador, em tempo real, foi através de um programa chamado Pow Wow. Para a época, aquilo era o máximo! Parecia mágica conversar com o meu primo que morava nos Estados Unidos e ele me responder instantaneamente. Depois do Pow Wow, apareceu o ICQ. E em seguida o MSN, que também já "morreu" há alguns anos. O WhatsApp agora é o sistema de chat mais usado, e – ao contrário dos outros que falei – a conversa é pelo celular, e não pelo computador.

Quem me dera se na época que eu fiz intercâmbio já tivesse tantas formas de conversar virtualmente! Na ocasião eu só podia esperar por cartas. Daí a razão daquela coleção que eu fazia. Todos os dias, olhava a caixinha de correio, ansiosa para saber quem tinha me escrito naquele dia. Quando chegava alguma correspondência, eu corria para ler e até chorava de saudade ao ver o nome de alguém da minha família, das minhas amigas, do menino que eu gostava... E então eu respondia no mesmo instante, no papel de carta mais bonito que encontrava, colocava no correio e ficava esperando, esperando, esperando, e então só umas duas semanas depois é que chegava a resposta.

Agora é como se o mundo tivesse encolhido. Tudo ficou mais rápido. A gente manda uma mensagem pelo celular e, se a pessoa demora cinco minutos pra responder, já achamos que demorou. Mas, apesar de a vida ter ficado mais ágil, ela também se tornou menos romântica... Ficamos mais próximos das pessoas, mas paradoxalmente mais distantes.

Antes, para socializar, eu combinava com os meus amigos de ir assistir a um filme, tomar um sorvete, passear no shopping... Agora a maioria das conversas são virtuais.

Talvez seja o momento de resgatarmos um pouco desse mundo "antigo". Da mesma forma que a internet pode ser muito boa para estreitar as relações (sejam elas profissionais, amorosas ou de amizade), ela deixa tudo meio frio. Olhando de tão longe agora, sinto saudade daquela espera toda para receber uma carta, da familiaridade ao ver a letra do remetente, da sensação de saber que a pessoa tinha pegado naquele mesmo papel onde as minhas mãos agora estavam. Era mais romântico. E também mais real.

Seria ótimo se conseguíssemos esquecer um pouco a praticidade do presente para resgatar esse romantismo do passado. Ver mais paisagens pessoalmente em vez de pela tela. Escutar mais músicas ao vivo em vez de pelo fone de ouvido. Conversar mais com os amigos cara a cara em vez de pelos programas de bate-papo.

Acho difícil que esse retorno aconteça, já nos acostumamos com a agilidade dos dias de hoje, mas, em todo caso, a minha coleção de papéis de carta vai continuar guardadinha aqui... Vai que a moda volta?

Só não podemos esquecer o mais importante: não deixar que o ritmo cada vez mais agitado do dia a dia nos faça perder o contato com as pessoas. Seja no mundo virtual ou no real. ♥

Feliz Ano-Novo!

DEZEMBRO/2019

Todo mundo conhece a frase: "Ano-novo, vida nova", e, a cada vez que o calendário mostra o dia 1º de janeiro, ela vem à nossa mente com força total. Assim como toda segunda-feira é o dia "oficial" do começo de dieta, nenhuma época simboliza mais a renovação do que o Réveillon. Na verdade, às doze badaladas do dia 31 de dezembro, nada muda no mundo, pelo menos exteriormente. Mas *as mudanças vêm de dentro pra fora*. É raro quem não use o último dia de um ano para listar aquilo que quer (ou não) levar para o próximo. Fazer resoluções é sonhar com um futuro melhor.

Tem também as pessoas que fazem simpatias visando atrair bons fluidos para o ano seguinte. Se você é uma delas ou se pelo menos acha que "mal não vai fazer", afinal, qualquer tentativa de atrair coisas boas é válida, reuni aqui algumas superstições bem conhecidas (e outras nem tanto assim):

1. Guardar a rolha do champanhe.

Se fizer barulho na hora que o champanhe estourar, corra para pegar a rolha. Dizem que, se guardá-la em um lugar onde só você saiba, atrairá sorte para o resto do ano!

2. Vestir branco.

O branco simboliza a paz e a purificação e por isso tem essa relação com o Réveillon, já que o primeiro dia do ano é marcado por um desejo de renovação. Além disso, a cor branca é a junção de todas as outras cores.

3. Usar *lingerie* nova e colorida.

Para ter sorte no amor, invista em uma *lingerie* nova. Se ela for cor-de-rosa, atrairá um amor calmo. Já a vermelha traz grandes paixões...

4. Oferecer flores para Iemanjá.

É uma homenagem à Iemanjá, a rainha dos mares. Dizem que o ato atrai sorte, uma vez que a deusa arrasta os nossos problemas para o fundo do mar e devolve, através das ondas, a esperança de um futuro melhor.

5. Pular sete ondas.

Ajuda a invocar os poderes de Iemanjá, purificando o espírito e dando força para vencer os obstáculos do ano que está por vir. Muita gente faz pedidos ao pular cada onda. E já ouvi também que, depois de pular as sete ondas, não devemos virar as costas para o mar, pois atrai má sorte.

6. Comer doze uvas.

Quando der meia-noite, coma doze uvas – uma para cada mês do ano – e guarde os caroços na carteira, para atrair prosperidade. E, se todas elas estiverem doces, é sinal de que você passará o ano sem dificuldades.

7. Comer carne de porco em vez de aves.

Uma das superstições mais conhecidas nessa noite é não comer aves (como peru e frango) na ceia. Como esses animais ciscam para trás, acredita-se que quem comê-los regride na vida. Já o porco fuça para a frente, então garante progressos durante o ano.

8. Pular três vezes com uma taça de champanhe na mão.

Mas tem que ser com o pé direito e sem derramar uma gota. Depois, jogar todo o champanhe para trás, de uma vez só, sem olhar, para deixar no passado tudo de ruim.

É isso! Claro que não dá pra fazer todas, senão a gente nem curte o Réveillon... Mas eu pelo menos já preparei a minha roupa branca e a *lingerie* nova! Na verdade, o mais importante é passar a data com quem você gosta. E também fazer resoluções. O que você deseja para os próximos 365 dias?

Eu espero que no novo ano que se inicia possamos ter mais tempo, nessa época tão corrida em que vivemos. Tempo pra jogar fora, pra ficar de bobeira vendo TV, pra ir ao shopping com as amigas, pra morrer de rir com algum seriado de comédia, pra ficar olhando pro alto só pensando naquela pessoa especial, pra sorrir, chorar, suspirar, amar. Espero que possamos ter mais tempo para fazer planos e realizar sonhos.

E, especialmente, eu espero continuar a escrever cada vez mais para vocês. ♥

A idade da responsabilidade

JANEIRO/2020

Infelizmente, crimes acontecem todos os dias em nosso país, mas, alguns anos atrás, um assalto que terminou no assassinato de um estudante de São Paulo se destacou por um motivo... O assaltante-assassino completou 18 anos três dias após o delito. Se tivesse cometido o latrocínio apenas 72 horas depois, ele teria sido processado, condenado, cumpriria pena na prisão... Porém, por ainda ser menor de idade, ele foi tratado como tal, afinal, a lei diz que menores não podem ser condenados, por ainda não serem capazes de responder pelos próprios atos.

E aí vem aquela velha discussão: 18 anos é realmente a idade adequada para a maioridade penal, ou seja, para um brasileiro (já que a lei varia de país para país) ser considerado culpado pelos seus atos? Até que ponto o indivíduo não se aproveita disso para cometer infrações pelas quais ele já é perfeitamente responsável antes disso?

Não quero entrar nesse âmbito da idade ideal e se o Brasil deveria ou não antecipá-la, mas o que sempre me deixa meio surpresa é como grande parte dos adultos consideram os adolescentes inaptos para tomar decisões sérias.

Eu convivo com pessoas dessa faixa etária diariamente e posso afirmar que muitos jovens de 13 anos têm pensamentos mais maduros do que adultos com o dobro da idade. Existe um estigma de que o adolescente é rebelde, complicado, difícil; quase como se dos 12 aos 17 anos o ser humano obrigatoriamente se tornasse problemático. O que acontece é que nessa fase as pessoas descobrem que não são mais crianças, que sabem pensar, que não têm que concordar com tudo. E isso só mostra que elas estão crescendo e desenvolvendo o poder de argumentação. Quando crianças, só podem concordar com os pais. Na adolescência, ainda têm que obedecer, mas isso não significa que precisem assinar embaixo de tudo.

Um conselho que eu sempre dou é: "*Independentemente da idade, escute a sua mãe.* Ela já viveu mais e só quer o melhor pra você". Acho que vale também trocar a palavra "mãe" por "pai", "avós", "tios", "professores"... Mas uma coisa é escutar, outra é acatar sem nem pensar a respeito. Até hoje peço a opinião da minha mãe a cada passo que dou, mas isso não quer dizer que eu concorde com ela. Eu gosto de saber como ela pensa, acho importante conhecer o seu ponto de vista, mas, a partir disso, elaboro o meu próprio parecer. Por várias vezes nós discutimos, argumentamos e em alguns momentos ela até muda de ideia. Somos assim desde a época em que eu era adolescente e, mesmo quando ainda era criança, ela nunca me proibiu de fazer nada, apenas me orientou, me mostrou aonde meus passos poderiam me levar. E cresci sabendo que era a responsável por todas as minhas ações e que elas têm consequências boas e más.

Talvez, enquanto discutem a idade ideal para a maioridade penal, as pessoas possam também se preocupar em incentivar o diálogo em casa, a mostrar o que é certo e errado através das próprias ações e não de imposições, pensar no exemplo que estão dando para os adultos de amanhã.

Isso pode parecer utopia, sei que o problema é bem maior... Mas acho que, se cada família fizer a sua parte, os adolescentes não terão tantos motivos para rebeldia. E nem para violência. Eles saberão que, além de votar, podem assumir muito mais responsabilidades. Inclusive para responder pelos seus próprios atos, independentemente da idade. ♥

FEVEREIRO/2020

    Alguns dias atrás, enquanto procurava uns documentos antigos, me deparei com algumas pastas que durante um tempo foram meu tesouro mais precioso. Elas continham recortes, reportagens, fotos e até camisetas dos meus maiores amores da adolescência. Foi uma viagem no tempo... Voltei vários anos ao me lembrar de todas as loucuras que já fiz por alguns *ídolos* que tive na vida.

    A minha primeira paixão por um popstar nem foi por apenas um, e sim por *cinco*... Eu amava, venerava, idolatrava o Menudo! Hoje dá até vergonha de contar, mas, na época, os garotos de Porto Rico eram o máximo e, ao som do carro-chefe "Não se reprima", não deixavam ninguém ficar parado. Eu era fã de verdade, menudete de carteirinha, daquelas que pregam mil pôsteres na parede, que têm fã-clube, que guardam tudo que sai na imprensa, que gravam cada aparição do ídolo na TV... Quem sofria era a minha mãe, que precisava levar minhas amigas e eu aos shows, enfrentar filas quilométricas, aguentar uma multidão de garotas eufóricas e, ao final, ainda ouvir que eu gostaria de dar uma passadinha na frente do hotel, para tentar avistar os meninos de relance...

    Um tempo depois, fui muito fã do RPM! Ao contrário do Menudo, esse grupo musical não agradava apenas as meninas, mas também os garotos. E o público não era só de adolescentes, os adultos também adoravam! Inclusive os meus pais, que nem se importavam de me levar aos shows. Possivelmente curtiam até mais do que eu. O RPM eu tive a sorte de conhecer. Devido a um plano mirabolante que eu e a minha melhor amiga criamos, conseguimos assistir ao ensaio da banda e ir ao camarim depois, e essa história, que já contei em uma crônica,[3] até hoje rende muitas risadas.

Depois do RPM, virei fã da Xuxa! Sim, como todas as meninas da época, o meu sonho também era ser Paquita! Cheguei a querer pintar o cabelo de louro, tamanho o fanatismo. Ainda bem que minha mãe impediu... Em compensação, ganhei de aniversário uma hospedagem no mesmo hotel em que a Xuxa e sua trupe ficaram quando vieram fazer um show na minha cidade. Só que, para minha grande decepção, o andar onde ela estava era guardado por uns mil seguranças. Só pude vê-la de muito longe... Mas pelo menos tirei foto com todas as Paquitas. E também com o Praga e o Dengue!

Depois dessa época, comecei a ter amores mais palpáveis, mas ainda assim irreais. Eu me apaixonava pelos garotos mais lindos do colégio, aqueles que tinham a maior pinta de astro internacional, apesar de estarem ao alcance da minha mão. Mas descobri que não são apenas os famosos que são inatingíveis. *Os galãs da vida real também não dão muita bola para as fãs...*

Hoje em dia não tenho mais essa disposição toda para correr atrás de gente inacessível... Apesar disso, quando leio um livro, escuto uma música, assisto a um filme que

---

[3] "Amor de fã", que está no meu livro *Apaixonada por histórias*.

me fazem parar e pensar na genialidade daquele enredo, letra, sinopse ou interpretação, invariavelmente tenho vontade de encontrar a pessoa por trás daquilo, dar um grande abraço e agradecer por ela existir, por me inspirar, por me fazer sonhar.

Sim, esse desejo não passa com a idade, só aumenta... ♥

Quarentena

MAIO/2020

Pandemia. Essa era uma palavra que eu pensava que fazia parte apenas dos livros e filmes de ficção científica. Assisti a *Contágio*, li *Ensaio sobre a cegueira* e vários outros, mas em nenhum momento cogitei a possibilidade de algo parecido acontecer na vida real. Jamais pensei que vivenciaria uma situação do tipo em minha existência. A possibilidade de um meteoro se chocar contra a Terra ou de zumbis assolarem o planeta fazia muito mais sentido...

No começo, logo que apareceram as primeiras notícias de um novo vírus na China, pensei que ele estivesse distante o suficiente, que dificilmente chegaria até aqui, que dariam um jeito de contê-lo antes disso. À medida que foi se aproximando, minha preocupação foi aumentando. Era certo que em algum momento o tal vírus desembarcaria em nossas terras, e em janeiro eu já comecei a estudar tudo que se sabia sobre ele até então.

Uma enorme angústia por antecipação me dominou. Mesmo com as estatísticas afirmando que as chances de morrer de outras formas eram muito maiores, fiquei aterrorizada, afinal, contra o resto eu já sabia me defender. Faço check-ups de saúde regularmente, uso cinto de segurança, tomo todas as precauções necessárias visando uma vida longa e saudável. Porém, de repente, toda aquela minha certeza de que nenhum mal iminente me espreitava foi por água abaixo.

Meu receio principal na verdade foi pelas pessoas que eu mais amo. Meus pais são grupo de risco, e tenho uma filhinha ainda bebê. Como eu viveria sabendo que esse vírus intrometido poderia fazer algum mal para eles?

Confesso que custei a aceitar. No começo chorei muito, eu não sou o tipo de pessoa que gosta de sair da rotina. Também não gosto de sentir medo, e ele passou a ser minha companhia constante. Por vários dias fiquei imersa nas notícias, tentando prever o que iria nos acontecer, imaginando se tinha alguma chance de aquilo tudo ser apenas uma brincadeira de mau gosto, um pesadelo ou algo parecido. Mas, ao despertar, vi que a crua realidade continuava ali. Era verdade, e tudo que eu podia fazer era me adaptar a um novo estilo de vida: o confinamento.

Na verdade, não foi tão difícil assim. Eu já trabalhava em casa mesmo, não gosto de aglomerações e sempre fiz compras pela internet. No começo tirei de letra. Mas depois de dias, de semanas, de meses, comecei a perceber que eu sentia falta de coisas que nem imaginava... De ir ao supermercado e olhar a validade dos produtos (sempre que peço por aplicativo, o produto chega faltando dois dias para vencer!). De chamar as pessoas para virem à minha casa sem receio de elas trazerem o vírus de presente. De poder, nas raras saídas, vestir apenas a roupa de sempre, sem ter que incorporar ao figurino uma máscara, óculos, prender bem o cabelo e ter que lavar tudo imediatamente após voltar. De guardar na despensa a Coca-Cola sem ter que esterilizar o frasco antes. De poder lavar as mãos apenas antes das refeições ou se elas estiverem realmente sujas... Agora as pobrezinhas andam constantemente feridas, com tanto esfrega-esfrega e álcool em gel.

Mais do que tudo, tenho saudade de abraçar as pessoas. *Hoje em dia todos parecem estar radioativos, como se fossem bombas ambulantes.*

Engraçado é perceber como já estranhamos os hábitos antigos. Presenciar, ainda que em filmes antigos, pessoas se abraçando e se beijando me causa espanto. E outro dia escrevi em meu novo livro – que é passado anos antes de 2020 – uma cena de duas pessoas simplesmente se cumprimentando com um aperto de mão, e aquilo me deu a maior agonia.

Confesso que algumas vezes eu me esqueço do vírus e me sinto bem, já até me acostumei à nova rotina, e ela tem lá suas compensações. Meu marido trabalhando em casa. Reuniões com os amigos muito mais frequentes, ainda que virtualmente. As *lives*, que garantem entretenimento no meu próprio sofá.

Mas esse bem-estar dura apenas até a lembrança de que isso não é por opção. É questão de sobrevivência. Sem o isolamento, o vírus já teria ido muito mais longe e sacrificado ainda mais pessoas.

E então continuamos de quarentena, por tempo indeterminado... Olhando pela janela e imaginando quando poderemos voltar a viajar, a socializar, a nos abraçar. ♥

JUNHO/2020

São três da manhã, e ainda não consegui dormir, mesmo com a cabeça no travesseiro há horas. Isso tem acontecido com frequência. Pensamentos aleatórios vêm e vão sem permissão, em um momento que deviam dar lugar para os sonhos. Para a paz.

Será que fechei a janela da sala? Tem possibilidade de chover? Melhor pegar o celular para olhar a previsão do tempo. Invariavelmente me pego no site de notícias, mesmo sabendo que não deveria. Aumento de casos. Aumento de mortes. Aumento de países afetados. Aumento do desemprego. Aumento do desespero. Aumento da minha insônia.

Melhor deixar esse celular quieto e pensar em outra coisa.

A piscina inflável de bolinhas da Mabel furou... Que pena. Temos que dar um jeito de arrumar rápido, era uma forma de ela gastar energia nesse confinamento. Espera... E se meu gato pular dentro da caixa onde colocamos as bolinhas, não conseguir sair e morrer sufocado? Melhor checar se ele está bem!

Meia hora depois e muitas almofadas colocadas em cima da tal caixa, para impedir qualquer aventura de um gato suicida, volto para a cama.

Nova tentativa de dormir. Novos pensamentos intrusivos.

Saudade do meu pai. Será que ele entendeu que não pode sair de casa nem para ir à padaria do outro lado da rua? Ele mora sozinho, devo mandar para lá um estoque de comida para que fique quieto? Teimoso como é, inventaria qualquer outra razão para passear. E o meu irmão? Tem possibilidade de estar saindo escondido? Vou conferir, ele pode colocar minha mãe em risco! Pego o celular novamente, dessa vez para olhar as câmeras de segurança da casa dela. O carro do meu irmão está na garagem. Ufa. Posso dormir em paz agora.

Espera, já é outro dia na China. Será que encontraram uma vacina por lá? Vamos conferir, o celular já está na minha mão mesmo... Não. Nada de imunização. Mas vão reabrir a Disney de Shanghai! Que vontade de estar lá. Que vontade de viajar. Que vontade de sair daqui. De fugir desse vírus. Mas fugir para onde? Por que estão demorando tanto para incrementar viagens de turismo para a Lua? Mas por que eu estou pensando na Lua agora?! Vou é colocar esse celular para carregar, a bateria já está acabando.

Pronto, agora tenho mesmo que dormir, daqui a pouco a Mabel acorda, é importante aumentar a resistência, sempre que durmo pouco minha imunidade vai lá pra baixo, imagina se esse vírus resolve entrar pela janela, trazido pelas asas de algum passarinho... *Não posso morrer agora de jeito nenhum*, tenho um livro em andamento, necessito dar um final para a história, os leitores estão esperando... Mais do que isso, preciso escrever minha própria história, quero ver a Mabel crescer, temos muito o que viver juntas ainda! Aliás, se tivessem me dito que um vírus iria tentar dizimar a humanidade, eu teria repensado essa ideia de ter uma filha... Mas, se um viajante do tempo tivesse aparecido e me contado isso, eu certamente não teria acreditado. Pensaria que a tal pessoa estivesse apenas lendo ficção científica demais.

Imagina só, se um simples vírus iria viajar da China pra cá! Mas, na verdade, não foi tão direto assim, ele fez algumas escalas, né?

Espera. E se aquela gripe forte que peguei em Orlando no final do ano passado já era covid? Será que fui eu que trouxe o corona para o Brasil? Existe a possibilidade de esse vírus ter aparecido antes do que dizem? Vou pesquisar! Será que marco um teste para ver se já tenho antivírus? Vou pegar o celular de novo só para ver no site do laboratório se tem algum horário disponível!

Ops, a Mabel está chorando. Tenho que brincar com ela antes que acorde meu marido, ele tem que estar descansado para conseguir trabalhar, senão vão acabar cancelando seu home office, e ele vai ter que se arriscar saindo de casa todo dia. Não posso nem pensar nessa possibilidade!

Amanhã eu tento dormir mais cedo... Ou, pelo menos, dormir. ♥

Fases da vida na pandemia

JULHO/2020

Acredito que a maioria das pessoas do mundo tenha sido afetada pela pandemia do coronavírus em maior ou menor grau. Mesmo quem mora na Antártida, aonde o vírus não chegou, sofreu algum impacto. O mundo inteiro passou a se prevenir, e com isso os hábitos mudaram, e também os planos. Os projetos e sonhos foram suspensos por tempo indeterminado.

Como o que a gente mais faz trancada em casa é pensar, comecei a especular sobre como eu estaria atravessando a pandemia se estivesse em outras fases da minha vida e em qual delas eu preferiria passar esse momento.

Acho que os que menos estão sofrendo são os recémnascidos, que normalmente já ficam dentro de casa mesmo. Mas eu não gostaria de viver essa época na idade da minha filha, prestes a completar 2 anos. Percebo que ela sente falta da interação social. Mais do que sentir falta, isso é importante para ela nessa idade, tanto para a socialização quanto para o desenvolvimento da fala, o aprendizado, a noção do mundo.

Se eu fosse uma criança nessa quarentena, provavelmente estaria surtando por ter que ficar presa. Nunca fui muito de televisão e gostava de ir para a escola. Além disso, brincava na rua com os vizinhos todos os dias. Acho que seria bem difícil entender que eu não poderia mais fazer essas coisas.

Sendo adolescente, talvez fosse ainda pior! Nessa fase da vida, o que mais queremos é ficar fora de casa, com os amigos. Mas acho que quem está sofrendo mais são as mães que têm filhos dessa faixa etária...

Se fosse adulta, mas solteira e sem filhos, provavelmente já teria maratonado todas as séries disponíveis, visto todos os filmes possíveis, lido todos os livros da minha estante e colocado todo o sono em dia. Acho que essas são as pessoas que devem estar se virando melhor no confinamento, mas tenho certeza de que sentem falta da liberdade – de não precisar ler livros, ver filmes e séries apenas por não terem nada melhor para fazer.

Como sou casada e tenho uma filha, o tempo para fazer o que quer que seja diminuiu bastante. É muita energia que se gasta tendo que trabalhar, cuidar da casa, da família e tentar fazer com que o lar se torne o mais acolhedor possível para que não dê vontade de fugir. Eu já fazia home office, então inicialmente pensei que passaria pela quarentena ilesa, que isso não iria me afetar muito. Mas, com o passar dos meses, percebi que eu estava enganada. Uma coisa é não querer sair, não precisar sair... Outra bem diferente é *não poder*.

Eu achava que poderia matar a saudade das pessoas conversando por vídeo, mas, depois de um tempo, notei que *a saudade não é eliminada por inteiro sem o contato físico*. Sinto falta de abraçar minha família, de encontrar minhas amigas, de me sentar em uma mesa de restaurante e conversar ao vivo, de ir a um show com muita gente em volta, de estar em uma sala de cinema com outras pessoas interagindo por perto. Gostaria de poder ir a uma simples padaria ou ao supermercado sem receio de tocar o que quer que seja. Mais do que tudo, não vejo a hora de poder entrar em um avião e viajar. Talvez essa seja a minha maior saudade.

Independentemente da idade, todos nós estamos enfrentando isso com nossos próprios dramas e anseios, então o que temos que fazer nesse momento é exercer a empatia, a solidariedade e o amor ao próximo. Essa fase eventualmente vai passar. Mas a lembrança de quem nos ajudou a atravessá-la de um jeito mais fácil, com certeza, vai ficar. ♥

Fiquei velha

AGOSTO/2020

No filme *A dona da história,* a personagem Carolina encontra-se com ela mesma, muitos anos à frente, e as duas conversam sobre a vida dela no futuro. Em certo momento, sua versão mais madura cogita contar quando foi que ela descobriu que havia ficado velha... Mas desiste, dizendo que não iria estragar sua surpresa.

Sempre que revejo esse filme, fico pensando em qual instante ela teve essa percepção, até que recentemente eu me senti exatamente em uma situação dessas.

Veja bem, eu me considero uma pessoa "antenada". Por trabalhar diretamente com o público juvenil, faço questão de acompanhar cada novidade que aparece, seja de música, de moda, de comportamento e também de redes sociais. Na verdade, eu amo internet desde seus primórdios, sou da época do ICQ (uma espécie de pré-MSN), fui uma das primeiras a usar o Orkut no Brasil e tenho perfil em cada rede social existente. Nunca deixei a tecnologia me atropelar, acompanho as notícias de cada *gadget* que é lançado, minha casa é toda informatizada, e sou inclusive referência para as minhas amigas, que sempre me procuram quando querem entender alguma inovação.

Sim, essa sou eu. Ou melhor, essa *era* eu. Até aparecer o tal do TikTok.

Confesso que tenho o aplicativo instalado no meu celular desde que ele surgiu, anos atrás, e ainda tinha outro nome (Musical.ly). Mas não é que eu já tenha publicado nele, instalei apenas a pedido da minha sobrinha, para ver suas performances. Ela tem 12 anos, e eu sempre pensei que a brincadeira fosse apenas uma modinha entre os pré-adolescentes. Porém, durante a quarentena, o TikTok se popularizou muito, e tenho visto inclusive adultos postando vídeos.

É aí que entra a minha perplexidade. Diferentemente de todas as redes sociais, nessa eu não consegui me inserir. Eu bem que me esforcei, comecei a seguir outras pessoas, cheguei a gravar uns vídeos... Mas não deu. Continuo sem conseguir achar graça.

E comecei a tentar entender o motivo. Será que é pelo fato de eu nunca ter gostado muito de dublagens, por achar melhor o "ao vivo", e a maioria dos vídeos do TikTok ser de gente dublando outras pessoas ou músicas? Ou talvez por preferir aplicativos de fotos, já que não tenho muito tempo para ficar parada olhando o celular? Ou ainda por não ser muito fã de vídeos engraçadinhos, o conteúdo que mais vejo nesse app?

Mas de repente a verdade me atingiu. Será que eu fiquei *velha*?! *Será que virei uma daquelas pessoas que não sabem nem como mexer direito no celular, que se recusam a viver no presente e que não param de dizer "na minha época..."?*

Não, isso não pode acontecer! Se algum pré-adolescente (ou pós-adolescente) estiver lendo isso e quiser me ajudar, por favor, me escreva explicando a graça do TikTok. Estou disposta inclusive a fazer uma daquelas dancinhas coreanas que estão tão na moda nesse aplicativo (e em que eu também não vejo sentido), se isso me fizer voltar no tempo alguns anos. Mas, por favor, escreva rápido. Antes que eu comece a reclamar que a fase do Facebook (imagine só!) é que eram os bons tempos... ♥

A distância encurtou

AGOSTO/2020

Quando eu tinha 16 anos, me perguntaram se gostaria de fazer intercâmbio cultural. Na época eu não entendia muito do assunto, mas fiquei animada só de pensar em morar um ano fora, fazer amigos de outras nacionalidades, aprender outra língua... Mas foi apenas quando já estava no hemisfério norte que tive a noção exata do que aquilo significava. Fazer intercâmbio não era só diversão, especialmente por um motivo: era preciso conviver com a saudade. Muita saudade!

Hoje em dia, muito tempo depois daquele ano em que peguei um avião e fui viver do outro lado do mundo, vejo que tudo mudou. A saudade ainda se manifesta, mas agora existe algo "mágico" que ainda não existia naquela época... A internet! E foi exatamente isso que transformou completamente a experiência de morar fora. Agora parece que o mundo encolheu.

Neste momento de quarentena, no qual estamos na maior parte do tempo enclausurados dentro de casa e arrumando formas de socializar on-line, fico imaginando como seria mais fácil se, na ocasião em que fui intercambista, eu pudesse também mandar mensagens instantâneas para a minha mãe via aplicativo. Antigamente, para ter notícias de casa, era só por correio tradicional ou ligação internacional. Porém, as cartas demoravam mais de uma semana pra chegar, e os telefonemas custavam muito caro... Então, eu passava dias sem ter ideia do que estava acontecendo no Brasil e, quando alguma informação finalmente chegava, estava até meio desatualizada. Imagina só se a pandemia tivesse acontecido naquela época? Acho que ninguém aguentaria...

Quando fiz intercâmbio, a duração dos poucos telefonemas nunca era suficiente para matar a saudade, e em cada um deles eu terminava chorando, desejando ter um teletransporte para poder me materializar lá do outro lado da linha. Agora ninguém mais está preocupado com telefone. Pelo menos não com o telefone tradicional. Pelo próprio celular podemos ver ao vivo e em cores alguém que está a quilômetros e quilômetros de distância. Fico pensando em como essa tecnologia toda teria facilitado a minha vida! Quando viajei, deixei no Brasil grandes amigas e um amor. Teria sido tão fácil se pudesse simplesmente ter falado com todos eles no minuto em que quisesse... Nem ia parecer que a distância era tanta, e certamente aquela sensação de estar completamente sozinha, que frequentemente me atormentava, não iria passar nem perto. Afinal, agora as pessoas têm os amigos na palma da mão... ainda que dentro de uma tela.

Mas, apesar de hoje em dia ser tudo mais ágil e simples, me orgulho ao constatar que vivenciei o verdadeiro sentido de um intercâmbio, algo que se perdeu com esse contato frequente que os intercambistas atuais têm com seus países de origem. Fazer intercâmbio era mergulhar em outra civilização, era conviver por semanas, meses ou anos apenas com os habitantes do outro lugar, era passar pelos choques culturais e pelas diferenças comportamentais, era fazer amigos que acabavam virando irmãos, pois era apenas com eles que podíamos contar em alguma dificuldade imediata. Acima de tudo, ser intercambista era morrer de saudade e continuar vivendo... E agora, ao reler as cartas de tantos anos atrás, que ainda guardo, posso constatar que eu realmente vivi. E que aquele meu intercâmbio, tão sofrido, foi fundamental para fazer de mim a pessoa que hoje eu sou. Afinal, *um pouco de sofrimento faz com que fiquemos mais fortes*.

Acho que todos nós sentimos isso durante esse período de isolamento social. A distância faz com que valorizemos trivialidades que nem notávamos antes, como abraços e beijos de quem nós gostamos... Essa distância a internet ainda não encurtou. ♥

A linguagem dos bebês

SETEMBRO/2020

Antes de ser mãe eu pensava que a linguagem dos bebês se resumia a duas "sílabas": "gu-gu" e "da-da". Porém, agora que minha filhinha começou a tagarelar, tenho observado que é bem mais que isso. Assim como uma pessoa que está estudando uma língua nova, ela presta atenção, se esforça, repete até acertar...

Acompanhando o desenvolvimento da Mabel, tenho me lembrado de estrangeiros tentando falar português. Algumas vezes ela para, pensa, percebo que está buscando a palavra, e então seu olhar se ilumina e ela diz o que quer, toda feliz!

Apesar de o português não ser uma língua fácil, fico surpresa de ver que minha filha pegou a lógica naturalmente. Como uma aluna esforçada, ela usa o plural e os tempos verbais exatos, e me admira muito que ela consiga essa façanha, já que ela escuta "mineirês" por todos os lados! Ou seja, o natural seria que ela dissesse: "os livro", "nós vamo"... Mas não. Ela fala tudo certinho, dá até vergonha de falar com sotaque perto dela.

A única coisa que a Mabel ainda não domina são os verbos irregulares. Ela é guiada pelo padrão regular da flexão e, por associação lógica, diz "eu sabo", "eu podo", "eu fazo"... Dizem que não devemos corrigir os erros, apenas responder com a forma verbal correta. Só que eu acho TÃO bonitinho que acabo repetindo da forma errada mesmo, para prolongar aquela fofura por mais tempo. Porque o fato é que, quando ela acerta e passa a dizer algo do jeito que realmente é, considero um sinal de que ela está crescendo. Claro que *isso é bom, mas ao mesmo tempo é triste*... Ela tem só 2 anos, mas eu já tenho saudade da minha neném!

Quando era pequenininha (quero dizer, mais pequenininha) ela falava o tempo todo "mam, mam"! Eu jurava que minha filha já tinha nascido poliglota, que estava me chamando de mãe em inglês (*mom*), e eu respondia feliz da vida. Até que de repente percebi que o tal "mam" na verdade era o jeito dela de falar "mais"! Ela deve ter ficado muitos meses pedindo mais comida, e eu crente que ela estava me chamando...

Outro exemplo é "rá-rá". Talvez por ter me puxado, a Mabel desde muito novinha adora as princesas da Disney. Li contos de fadas para ela desde recém-nascida, e o primeiro desenho que ela viu na televisão foi *A Bela Adormecida*. E foi amor à primeira vista. Ela passou a apontar para a TV e a dizer "rá-rá", "rá-rá"! Depois de muito pensar, entendi que ela estava se referindo à risada da Malévola e que queria assistir novamente! Mas aos poucos percebi que ela associou aquele "nome" a qualquer princesa. Sempre que via alguma, já dizia "Rá-rá". Ela foi crescendo e aprendendo os nomes reais de cada uma delas. Já tem bastante tempo que ela nomeia direitinho a Cinderela, a Bela, a Branca de Neve, a Ariel, a Jasmine... Apenas a Bela Adormecida permaneceu mais tempo como a "Rá-rá". Até que, uns dias atrás, ela me pediu para pegar a boneca *Aurora* dela. Fiquei um tempo parada, perguntei: "Quem?", e ela repetiu mais alto: "A Aurora, mamãe!". Confesso que quase chorei. Continuo dizendo "Rá-rá" por aqui, e agora é ela que volta e meia me corrige...

É por isso que deixo que ela fale do jeitinho que quiser, como, por exemplo, o "upa-balão" (em vez de upa-la-lão), que ela diz a cada vez que eu a carrego no colo. Sei que isso vai durar muito pouco e, quando eu menos esperar, não vai ter mais nenhuma palavra ou expressão de neném no vocabulário da minha filhinha.

Minha mãe conta que, quando eu era pequena e ela tinha alguma reunião, eu perguntava "reuleão"? Até que um dia ela me levou a uma dessas reuniões, para eu ver do que se tratava, e eu fiquei muito decepcionada de não ver nenhum leão por perto... Hoje em dia achamos muita graça dessa lembrança.

Exatamente por isso, anoto, filmo, repito e relembro cada peculiaridade da fala da Mabel. Porque sei que daqui a alguns anos nós duas também vamos rir disso juntas. Só espero que seja daqui a muitos anos mesmo! Para que ela possa continuar com esse jeitinho fofo de neném por muito tempo ainda... ♥

Achado não é roubado

NOVEMBRO/2020

Já começo esta crônica dizendo que não me orgulho nem um pouco da história que vou contar. Na verdade até me envergonho. Mas como é um daqueles casos que acabam marcando a vida da gente e rendendo muitas risadas em rodas de amigos, resolvi deixar registrado, até como um pedido de desculpas para o restaurante em questão... *Quem nunca cometeu um deslize no auge da juventude que atire a primeira pedra!*

Aconteceu vários anos atrás. Eu, meu namorado (atual marido) e um casal de amigos fizemos uma viagem maravilhosa pelo litoral entre São Paulo e Rio. Passamos, entre outros, por Ilhabela, Angra e o cenário desta narrativa: Paraty.

Eu amo Paraty desde a primeira vez que fui lá, é uma daquelas cidades em que eu moraria se pudesse. Exatamente por isso, e como só iríamos ficar dois dias, resolvemos aproveitar cada minuto. Nos hospedamos em uma pousada fofa, passeamos pelo centro histórico, fomos a Trindade e, na última noite, escolhemos o melhor restaurante da cidade para jantar. E é aí que a história começa de verdade.

O tal restaurante estava lotado, mas nem nos importamos de esperar. O ambiente era muito aconchegante, a música era de bom gosto ao fundo, e o *host* do local gentilmente nos encaminhou para o balcão, onde poderíamos beber alguma coisa e conversar até que uma mesa estivesse disponível.

Quem conhece Paraty sabe que – como toda cidade turística – os preços não são lá muito em conta. Ainda mais em um restaurante chique daqueles. Então olhamos a carta de vinhos e escolhemos – de acordo com as nossas possibilidades da época – um que eu já conhecia. O vinho chegou, e aí foi uma taça, duas, três... Não vagava nenhuma mesa, e beber de estômago vazio nunca é uma boa ideia. E, talvez por isso, sem querer, um de nós (realmente não me lembro quem) de repente se deu conta de que o nosso vinho (quase vazio) estava ao lado e que, em vez dele, estávamos tomando um outro (quase cheio) que algum garçom havia esquecido no balcão.

"É por isso que está tão bom!", falei já analisando com atenção o rótulo e constatando que ele tinha jeito de vinho caro.

Bem nesse momento, avisaram que podíamos ir para uma mesa, e foi aí que fizemos o que eu não faria hoje de jeito nenhum... Largamos o vinho pedido no balcão e levamos conosco o tal maravilhoso, enquanto ríamos muito e sentíamos aquele frio na barriga típico de quem sabe que está fazendo arte.

Confesso que sou meio certinha e medrosa, nunca roubei bala do sorveteiro nem nada parecido, como as crianças faziam nos meus tempos de colégio. Mas meus amigos falaram para eu ficar tranquila, que nunca iriam dar falta e que, afinal, achado não era roubado...

Sendo assim, tomamos o vinho inteiro e quase nos esquecemos da "travessura" que estávamos fazendo. Até que pedimos a conta, o garçom foi providenciá-la, e, então, junto com ele, veio o gerente, que perguntou sem rodeios se o vinho que havíamos tomado era o que tínhamos pedido.

Implorei aos céus que um buraco se abrisse debaixo dos meus pés e eu sumisse do mundo, que um meteoro caísse bem ali naquele instante, que um blecaute atingisse a cidade para que eu pudesse fugir. Como não morri nem nada parecido, pelo menos me fingi de morta, e quem se encarregou da explicação foram os garotos, que na cara dura fingiram surpresa e falaram que talvez tivéssemos nos enganado. E completaram dizendo que, se fosse o caso, pagaríamos pelo vinho consumido, o que me deu um certo alívio, mas ao mesmo tempo tristeza por saber que teríamos até que diminuir um dia na viagem pelo preço que aquela garrafa devia custar.

E então veio a conta. Assim que o garçom a deixou sobre a mesa, a agarrei ansiosa para saber de quanto seria o "prejuízo", mas, para nossa surpresa, haviam cobrado exatamente o vinho que tínhamos pedido. Ainda nos questionamos se não deveríamos pedir a carta de vinhos para pagar o preço devido (que na verdade seria o das duas garrafas, pois também tínhamos tomado quase tudo da que deixamos no balcão), mas o garçom já estava por perto com a máquina de cartão e nos assegurou de que estava tudo certo.

Saímos de lá bem aliviados, rindo de nervoso, mas certos de que dali em diante não faríamos nada parecido.

Só por curiosidade, depois que a viagem acabou, fui pesquisar sobre aquele vinho e constatei que realmente estava muito além das nossas "posses" de recém-formados que éramos na época. Hoje, porém, sempre que o vejo em algum cardápio, faço questão de pedi-lo. Mesmo tantos anos depois, continuo o achando muito bom. Ele tem notas de baunilha, madeira e... *aventura*! ♥

Como sobreviver a um amor à distância

JANEIRO/2021

Volta e meia recebo recado dos leitores me pedindo conselhos por estarem vivendo situações parecidas com as descritas em meus livros. Sempre respondo que não sou psicóloga, que o melhor é procurar uma orientação profissional... Mas as perguntas continuam. Uma das indagações mais frequentes atualmente, talvez por causa dessa quarentena interminável, é sobre como manter aceso um relacionamento à distância. Realmente já tratei desse tema em várias das minhas histórias, então entendo a razão de me acharem uma *expert* no assunto. Só que nesse caso eu realmente vivi essa situação por muitos anos, meu namorado (atual marido) trabalhava em outra cidade, então posso pelo menos falar o que deu certo para mim.

Na verdade, isso não é tão incomum, acho que hoje em dia cada vez mais pessoas namoram de longe, por vários motivos. Primeiro, por razões profissionais. Atualmente não é raro termos que nos mudar por causa do trabalho, e nem sempre é possível o namorado acompanhar. Depois, porque uma das formas de relacionamento hoje em dia é exatamente pela internet. Conheço muita gente que se apaixonou virtualmente por alguém que mora longe... E, por último, porque viajar nos dias atuais é mais fácil do que antigamente, e por isso agora é mais viável manter um relacionamento morando em cidades diferentes.

Então para os meus leitores e para todo mundo que está passando por essa situação, aí vão algumas dicas (que deram certo comigo) para sobreviver a um amor à distância.

1. Ocupe seu tempo.

Quando se namora de longe, especialmente no início, a tendência é ficar o tempo todo imaginando o que a pessoa está fazendo ou o que você faria se estivesse com ela. Mas isso não ajuda em nada... Só faz com que as horas custem a passar! Meu conselho é ocupar seu tempo ao máximo, pois, assim, quando menos perceber, já será o dia de vocês se encontrarem.

2. Nos momentos em que estiverem juntos, não percam tempo discutindo.

Vocês ficam tão pouco tempo ao lado um do outro, então pra que gastar minutos valiosos brigando? Se tiverem algo pra discutir, façam isso antes, por e-mail, por telefone, pelo WhatsApp... Mas, enquanto estiverem juntos, deixem isso pra lá. *Aproveitem cada segundo para ser felizes!*

3. Tente não ter (nem causar) ciúmes.

Sei que é muito difícil saber que a pessoa está em outra cidade, se divertindo sem você, com amigos que você não conhece. Mas pensa só... Se ela está encarando esse relacionamento é porque realmente quer estar ao seu lado. Pode ter certeza de que seria muito mais fácil namorar alguém que mora perto, e o mesmo vale pra você. Mas vocês querem estar um com o outro, e é por esse motivo que estão enfrentando a distância.

4. Use e abuse das redes sociais e aplicativos.

Olha a sorte que você tem... Hoje em dia existe internet! Os amores à distância do passado tinham que se contentar em se corresponder por cartas! Eram dias (e até meses) até receber notícias do namorado, e, quando elas chegavam, já estavam desatualizadas. Agora não. Vocês podem se comunicar por e-mail, WhatsApp, FaceTime... Claro que nada substitui um encontro real, mas as redes sociais ajudam muito a suportar a saudade.

5. Fique de olho nas promoções de passagens.

Quando eu namorava de longe, fazia plantão nos sites das companhias aéreas de madrugada! Conseguia cada pechincha que era difícil acreditar... As terças-feiras também são ótimas para encontrar promoções. Quem sabe assim vocês conseguem se ver mais vezes?

6. Planeje o que vão fazer quando a distância não existir mais.

Quem namora à distância vive de sonhos. Imaginar que um dia aqueles quilômetros irão diminuir é o que dá força na hora que a saudade aperta, é o que motiva a continuar quando dá vontade de desistir. Então faça planos, idealize como será bom quando nada mais separar vocês. Pensamento positivo ajuda muito! Com certeza isso vai fazer com que esse sonho se torne realidade mais depressa.

Claro que o que funcionou para mim pode não valer para você, mas mal não vai fazer! O certo é que, quando o amor é pra valer, nenhuma distância separa... ♥

Despedida

FEVEREIRO/2021

Quando eu era bem pequena, por volta dos 5 anos de idade, costumava acordar meu pai aos domingos com o jornal na mão. Essa é uma das lembranças mais antigas que tenho. Ao receber o jornal, ele se sentava, me puxava para o lado dele, abria na sessão de cultura e, juntos, escolhíamos a qual "teatrinho" ele iria me levar naquele dia. Esse ritual se repetia todos os domingos e, por já termos assistido a cada uma das peças em cartaz, em 70% das vezes a escolhida era *Os Saltimbancos*, nossa preferida. Talvez por isso eu até hoje saiba de cor cada uma das canções do espetáculo e tenha tanto carinho por essa história.

Outra lembrança que me vem com muita frequência, desta vez da adolescência, é a de ler junto com o meu pai, na rede, cada um com seu livro, e algumas vezes até chegávamos a compartilhar a mesma história. Com certeza esse hábito incentivou muito o meu gosto pela leitura.

Também na adolescência, lembro que meu pai fazia questão de me buscar nas festas e, com isso, acabava deixando também todas as minhas amigas em casa. Ouvia as nossas histórias e se divertia com elas, e por isso era o "pai da turma", todo mundo tinha o maior carinho por ele.

Foi por causa do meu pai que meu primeiro livro foi publicado. Ele sempre foi meu maior fã e queria ter o registro dos poemas que eu vinha escrevendo desde os 15 anos.

Ele me pediu que fizesse uma compilação de todos eles, levamos a uma gráfica e assim nasceu meu livro *Confissão*, que anos depois foi relançado pela minha editora. Mas ele tinha orgulho de dizer que foi ele que "pai-trocinou" meu primeiro livro.

Mesmo depois de adulta, sabendo que eu pagava minhas contas, que tinha toda estrutura possível, meu pai nunca deixava de perguntar: "Está precisando de alguma coisa, minha filha?". Eu sempre respondia que não, que estava tudo bem...

Mas agora eu preciso, papai. Preciso me despedir.

Você se foi sem me dar um último abraço, sem me avisar que aquele era o nosso último telefonema, sem deixar que eu dissesse o quanto você era importante para mim. Porque eu sei o quanto eu era importante para você. Ir ao seu apartamento na última semana, tão vazio sem sua presença, me fez ter essa certeza. Encontrei dezenas de fotos minhas em porta-retratos e quadros, todas as reportagens que já foram publicadas sobre mim, meus livros todos em destaque na sala, e até mesmo cada uma das cartas que te escrevi no meu intercâmbio, em 1991! O engraçado é que elas continuam muito atuais. Naquela época eu também estava morrendo de saudade. Como já estou agora. Em uma delas escrevi:

Papai, você não imagina a falta que está fazendo. Tenho vontade de gritar e você vir correndo, pois você era como um mago com poderes que saía realizando todos os meus sonhos. Estou com saudade até de dar bronca quando você fazia coisas de que eu não gostava! Eu sabia que ia sentir saudade, mas não imaginava que seria tão forte e dolorida assim. Porém, apesar da distância, sinto você por perto.

A diferença é que meu intercâmbio durou apenas alguns meses e logo pude matar essa saudade. Agora não sei quando irei te reencontrar.

Toda vez que você me ligava, ao final, dizia: "*Já falei que te amo hoje?*", e, antes que eu respondesse, emendava: "Continuo te amando!". Então, agora, ainda devastada por essa dor da separação, tudo que quero dizer é isso.

Já falei que te amo hoje, papai? Continuo te amando. Eu vou te amar pra sempre. ♥

Cachorros e gatos

MARÇO/2021

Desde pequena sou apaixonada por cachorros. Na verdade, por animais de todos os tipos, mas foram os cachorros que conquistaram primeiro meu coração e, por isso, desde que aprendi a falar, comecei a pedir um para o meu pai. Meu desejo foi atendido bem cedo, lá pelos meus 4 anos, e a partir daí tive cachorros por toda a minha vida: Bianca, Flicts, Luna, Galak, Boomerang, Halley, Dolly, Rambo, Menina, Príncipe, Garoto, Luar, Diana, Estrela, Godofredo, Hermione, Winnie, Estopa, Bambina, Bellatrix, Duna... Sempre me considerei uma *dog person*, como se chama em inglês as pessoas que preferem cachorros. Porém, exatamente onze anos atrás, algo mudou a minha vida... a chegada do Miu Miu.

Eu já havia tido uma gata antes, a Gatilda, mas, quando a gente é criança, tem que aceitar o que nossos pais determinam. Por isso, ela era minha, mas acabou indo morar na casa dos meus avós. Diziam que ela me dava alergia... Só que o Miu Miu veio para mostrar que, se algum dia tive alergia, ela ficou no passado. Aliás, ele veio para provar que *nada do que me diziam sobre gatos era real*.

Uma das principais coisas que eu acreditava era que gatos não se davam bem com cães. Aqui não teve nada disso. No primeiro dia até que os cachorros preferiram manter distância, mas logo começaram a tratar o Miu Miu como igual. Tanto que ele sempre se sentiu um deles: quando chegamos em casa, vem correndo até a porta para fazer festa e também fica debaixo da mesa pedindo comida, como se fosse um cachorrinho faminto! Foi tão fácil a adaptação que logo arrumei outra gata, aliás, duas: a Snow e a Pretinha.

Voltando às mentiras que me contavam sobre eles, eu pensava que eram arredios, traiçoeiros... Não tem nada mais irreal que isso. Aprendi com os meus que gatos são carentes, adoram um colo e receber carinho. E têm uma grande vantagem sobre os cachorros: não dão o menor trabalho!

Por essa facilidade, acabei trazendo os gatos comigo quando me casei e me mudei para um apartamento. Os cachorros ficaram na casa da minha mãe, que tem muito mais espaço. Só que, com o tempo, comecei a sentir falta de ter um cachorrinho ao lado no dia a dia. A gota d'água foi quando a minha filha de 2 anos começou a me pedir uma "Lady", igual à do filme *A Dama e o Vagabundo*... Como eu queria que ela crescesse tão apaixonada por cachorros quanto eu, não tive dúvidas.

A Lua, uma filhote de cocker spaniel, chegou há dois meses. Muito bonitinha, muito fofinha, mas muito levada também! Eu realmente tinha esquecido o quanto cachorros bebês são levados. A Lua morde tudo que vê pela frente (especialmente os brinquedos e os pés da Mabel!), bebe água e sai pingando pela casa, faz xixi e cocô em todos os lugares... É inevitável compará-la com os gatos. Para vocês terem ideia, ninguém precisou ensinar o Miu Miu a usar a caixa de areia. Nós o encontramos na rua muito pequenininho, mas bastou colocarmos a caixa na frente que ele foi lá sem ninguém explicar o funcionamento!

Enquanto escrevo estas palavras, já parei cinco vezes para mandar a Lua parar de morder: 1) o cabo do computador; 2) a boneca da Mabel; 3) a cortina; 4) o rabo da Pretinha;

5) meu chinelo. Realmente está difícil. Ela dá muito mais trabalho do que meus três gatos juntos. Aliás, provavelmente mais do que uns dez gatos! E eu que achava minha vida agitada antes de ela chegar... Tem dois meses que a casa está de cabeça pra baixo e que eu grito o dia inteiro! Mas não sou de desistir fácil, tenho esperança de que, assim que crescer mais um pouco, ela pare com essa mania de morder e aprenda direitinho onde fica o seu "banheiro"... Ou isso ou viro uma *cat person* de vez!

No fundo, não tenho a menor dúvida de que a Lua vai ficar aqui pra sempre... E também mais uns dez gatos! ♥

Outra vez insônia

ABRIL/2021

São quatro horas da manhã, e mais uma vez estou acordada. Não sei se foi a Mabel que me chamou, se foi a Pretinha, a gata, que pulou em mim, ou se foi algum barulho vindo da rua que me despertou. O fato é que eu nunca consegui dormir instantaneamente, como o meu marido, que é uma daquelas pessoas que parecem ter um interruptor interno, simplesmente desligam e pronto. Por isso, agora que acordei, sigo assim, pensando na vida. E na morte. Na verdade, na iminência de morte que nos cerca atualmente, desde que esse vírus resolveu fixar moradia em nosso mundo, mais de um ano atrás, e *não aparece nenhum super-herói, príncipe encantado ou anjo da guarda para nos salvar*.

Sinto como se estivéssemos todos largados, à deriva, contando os dias até que algo aconteça para trazer de volta aquela vida que a gente sabia que era boa, mas da qual gostava de reclamar mesmo assim. Se Deus ou algum salvador de mundos estiver lendo isso, prometo que nunca mais vou reclamar. Eu juro. Posso até fazer um abaixo-assinado se quiserem, aposto que todo mundo assina, a gente promete nunca mais reclamar de nada, da política, do futebol, dos vizinhos ou do que quer que seja. Tira esse vírus daqui que a gente se compromete a virar uma seita do bem, todo mundo de mãos dadas, agradecendo e virando eternamente amigos, sem nunca mais brigar por bobagem.

Li que é como mais de cinco aviões lotados caindo todos os dias. Eu sempre pensei na falta de sorte de alguém que entra em um avião pensando que vai passear e ele resolve despencar lá de cima, atrapalhando as férias, os planos, os sonhos e tudo mais daquela pessoa. Talvez por isso, sempre que entro em um avião para uma viagem de lazer, eu reze tanto pedindo que, caso o avião for cair, que isso aconteça na volta. Para que me deixem aproveitar mais uns dias, uma espécie de prêmio de consolação. Mas agora não tem prêmio nem consolação para milhões de pessoas e seus familiares que viram seu destino mudar sem dó nem piedade, antes que um antídoto fosse criado para restaurar o mundo que tínhamos antes.

Por falar em antídoto, ando pensando muito sobre as vacinas. Uns dizem que o processo está rápido, outros que está lento, outros que vamos virar jacarés, outros que tudo isso é uma grande estratégia internacional para que todos recebamos um chip que nos controlará, como naqueles livros distópicos que gosto de ler... Sinceramente? Desde que resolvesse o caso, desde que pudéssemos instantaneamente todos juntos rodar as máscaras em cima de nossas cabeças e jogá-las para o alto, decretando o fim dos dias dentro de casa, do medo de encontrar as pessoas, da preocupação de infectar alguém ou de sermos infectados, eu não me importaria de virar o bicho que fosse ou de ser vigiada. Podem transformar minha vida em um *Big Brother*, desde que me devolvam exatamente como ela era antes disso tudo começar.

A Mabel acaba de me chamar de novo. Ela também está com o sono agitado. E a Pretinha já pulou em cima de mim mais umas três vezes; com certeza está me mandando ficar quieta, para que ela possa dormir sem perturbações. Vou atender o pedido dela e pelo menos fechar os olhos, quem sabe o sono não resolva aparecer? Assim poderei sonhar com o futuro, em uma época em que os dias atuais já estarão desbotados na memória e nem nos lembraremos mais dessas noites insones e da razão delas. Uma época quando isso tudo ficará para trás, como um nebuloso pesadelo... ♥

Diário de uma mãe exausta

MAIO/2021

Será que existe alguém no mundo inteiro que não tenha sido afetado pela pandemia em algum grau? Acredito que até nos pouquíssimos países onde o vírus não marcou presença as pessoas tenham sofrido algum impacto. Mas se tenho dúvidas em relação aos que sofreram menos, não tenho a menor dúvida da categoria que sofreu e ainda sofre mais pela pandemia: as *mães de crianças*.

Me solidarizo muito com as que têm filhos em *homeschool* e têm que fazê-los se concentrar nas aulas on-line, exercendo ao mesmo tempo o papel de professora e colega, sem sobrar tempo para seu próprio recreio – pois nesse período têm que correr para resolver as pendências do trabalho ou da casa.

As mães de recém-nascidos são outras que têm todo meu apreço, imagino o desespero que deve ser ter um neném neste momento. Quando minha filha nasceu, numa época em que a gente nem sabia o que era coronavírus, fiquei muito neurótica, ninguém chegava perto dela sem lavar as mãos, passar álcool, colocar roupa limpa... Eu não gostava nem que respirassem perto da Mabel! Imagina como eu estaria agora...

Mas se tem um grupo de mães que não é muito lembrado é o das crianças que já não são mais bebezinhos, mas ainda não brincam sozinhas nem vão para a escola, os chamados *"toddlers"* em inglês, aquela fase que vai de 1 a 3 anos de idade. E é exatamente nesse grupo que me enquadro.

Quando a pandemia começou, a Mabel tinha um ano e meio. Já andava, corria, tinha começado a falar, viajava comigo para todo lado... De repente, se viu enclausurada, em uma fase do desenvolvimento em que que a socialização é importante. Eu só pude cercá-la de livros e brinquedos, para que, mesmo presa em casa, ela aprimorasse seu vocabulário e não ficasse entediada. Porém, o tempo foi passando, e as demandas dela foram aumentando. Ela começou a sentir falta de "gente". A única criança com quem teve contato nesse período foi a prima, dezoito meses mais velha, que se tornou sua melhor e única amiga, porém elas conseguem se encontrar no máximo uma vez por semana. Nos outros dias sua companhia são adultos (e gatos e cachorros).

Como uma tentativa de amenizar esse cárcere privado que ela pensa ser normal, já que passou quase metade da sua vida (e exatamente a metade em que começou a entender o que é viver) na quarentena, já inventei muita moda. Fizemos festinha de Halloween, com direito a doces escondidos pela casa. O coelhinho da Páscoa também passou por aqui. E seu aniversário teve apenas oito convidados, entre eles a Aurora, sua princesa preferida.

Ela fica feliz com essas novidades, mas ainda assim me entristeço com a rotina que ela pensa ser normal. Eu tinha tantos planos para a Mabel... Nessas alturas já estaria na escolinha, com vários amigos, já teria viajado muito... E tudo que ela pensa, do alto dos seus dois anos e meio, é que o mundo é o apartamento. Ela me pergunta coisas como: "Mamãe, vamos a alguma *casa* hoje?". É que tudo que ela conhece é a casa dos avós e da prima, então qualquer saída para ela envolve isso.

Outro dia fomos à farmácia, porque ela tinha me pedido para andar na "rua de verdade". Então eu me vesti de coragem (e de máscara) e a levei comigo para comprar um remédio. Na volta, ela falou: "Eu amei a farmácia! Podemos voltar outro dia?". Fiquei com vontade de chorar. Era para ela estar passeando na praia, no shopping, no aeroporto, conhecendo outras cidades e países...

Na verdade, sei que a Mabel não acha que está perdendo algo, pois *a gente não sente falta daquilo que não conhece*. Mas eu, a mãe, fico aqui, angustiada pensando como essa reclusão toda vai afetar a sociabilidade dela no futuro, pensando que ela está crescendo sem ver o mundo real.

Mas aí de repente ela me chama, me abraça e fala que quer ficar *pertinho*. E assim toda minha preocupação desaparece, e eu vejo que pandemia nenhuma vai tirar o mais importante: o nosso elo. Porque em nossas brincadeiras vamos para todos os lugares do mundo e somos tudo que ela quiser. E então sinto que pode demorar, mas tudo vai ficar bem, que assim que possível iremos recuperar o tempo perdido... Aliás, não tenho a menor dúvida de que um dia eu terei saudade dessa época. Em que fomos obrigadas a ficar assim. Pertinho. ♥

Para ser um escritor

JUNHO/2021

Quem me conhece sabe que a minha autora preferida é a Meg Cabot. Foi através de *O diário da princesa* que percebi que meus próprios diários da época da adolescência tinham muita história para contar, e foi a partir deles que escrevi *Fazendo meu filme*, o livro que me tornou conhecida.

Tive a chance de dizer isso pessoalmente para a Meg, pois, anos depois do meu primeiro lançamento, fui convidada para dividir com ela as páginas de *O livro das princesas* e até mesmo participamos juntas de uma mesa em um evento literário. Mas a resposta da Meg ao meu relato foi o que mais me marcou. Ela disse: "Assim como você se inspirou nas minhas obras, aposto que também já tem leitores que querem ser escritores por sua causa! *Esta é a maior dádiva do escritor: incentivar não só a leitura, mas também a escrita*".

Ela estava certa. Uma das partes mais gratificantes da minha carreira de escritora é receber recados de leitores dizendo que os incentivei não só a ler, mas também a escrever! E são muitos. Constantemente recebo e-mails me pedindo dicas de escrita. Então, para todos vocês que têm esse sonho de ter livros publicados, aí vai o que funcionou comigo:

1. Ler muito.

O escritor tem que ler muito, mais do que a maioria das pessoas. Quem lê estimula a imaginação, desenvolve a criatividade, aumenta o vocabulário e adquire conhecimento. Tudo isso é muito importante para o trabalho do escritor.

2. Não ter preguiça de reler seu texto.

O escritor precisa ler não apenas os livros de outros autores, mas o dele mesmo também. Inúmeras vezes. A cada leitura, descubro palavras repetidas ou desnecessárias, troco parágrafos inteiros de lugar, monto um verdadeiro quebra-cabeça até que tudo se encaixe. E só então mostro para alguém.

3. Ter leitores críticos.

Cada escritor acha que o seu livro é o melhor do mundo e o trata como um filho. Mas é importante ouvir a opinião de outras pessoas, que vão ler o seu texto sem tanto apego e dizer se ele é realmente bom. Por isso aconselho que, quando terminar de escrever, mostre-o para alguém antes de mandar para uma editora. É preciso pedir para essa pessoa ser sincera e apontar possíveis problemas. E então você vai ter que passar para uma fase difícil, que é inclusive a próxima dica.

4. Aceitar as críticas.

Tem gente que odeia receber críticas. Confesso que sou uma delas, mas as críticas construtivas nos ajudam a crescer, então é fundamental escutá-las (e aceitá-las), senão ficamos parados no mesmo lugar.

5. Desapegar.

O escritor precisa escrever e reescrever várias vezes até considerar o texto bom. Se você acha que aquele capítulo que passou a madrugada escrevendo não ficou legal, é porque provavelmente não ficou mesmo... Se nem você gostar do seu trabalho, pode ter certeza de que as outras pessoas também não vão.

6. Escrever sobre o que você gosta.

Escrever sobre o que gostamos é prazeroso, não dá vontade de parar, sentimos vontade de morar naquelas páginas. E o leitor sente isso. Quando o escritor cria o livro com paixão, esse sentimento ultrapassa o papel e toca o leitor.

7. Escrever sobre o que você conhece.

É preciso convencer o leitor. Quando abrimos um livro e temos a impressão de que o escritor não sabe do que estava falando, dá vontade de fechá-lo na mesma hora. Eu sempre recomendo contextualizar a história em um local que você conheça, assim saberá descrever muito bem os cenários e poderá imaginar melhor as situações que vai colocar no papel.

8. Não ficar de braços cruzados.

Um erro de muitos autores é achar que, depois que o livro é publicado, basta esperar os leitores aparecerem. O autor tem que ser o primeiro divulgador de sua obra. Quando comecei, levei meus livros em várias escolas, divulguei muito em blogs literários e nas redes sociais, e faço isso tudo até hoje! Uma outra coisa que eu fazia no começo (momento confissão constrangedora) era pegar os meus livros que ficavam nas prateleiras mais escondidas das livrarias e colocá-los em destaque, para que pudessem ser vistos! Hoje eu acho graça, mas tenho certeza de que algumas das minhas primeiras leitoras compraram meu livro por terem ficado encantadas com aquela capa linda, que eu estrategicamente deixei à vista!

9. Se apaixonar pelo seu livro.

Você tem que ser o primeiro a gostar dele. Notaram como elogiei minha capa na dica anterior? Pois é. Você precisa amar seu livro, desde a capa até o último ponto final. Defenda-o, divulgue-o e faça o possível para que ele cresça cada vez mais.

10. Sorrir!

Quando vários leitores tiverem seu livro em mãos, você vai ter que dar muitos autógrafos e tirar várias fotos! Então, pode ir treinando o sorriso! :) ♥

JULHO/2021

Umas semanas atrás uma expressão dominou a internet: *"cringe"*. Como eu não tinha a menor ideia do que aquilo queria dizer, fui atrás de explicações e acabei entendendo que a palavra vem do inglês e significa "vergonhoso".

Em primeiro lugar, fiquei pensando qual a razão de alguém não usar os termos em português mesmo. Mas logo entendi que a história era outra e dizia respeito a uma certa rivalidade entre gerações.

Pessoas da chamada geração Z (nascidos aproximadamente entre 1997 e 2012) começaram a acusar a geração anterior, dos chamados millennials (nascidos entre 1981 e 1996) de terem hábitos *"cringe"*, ou, traduzindo, de serem cafonas.

O que mais me deixou chocada foram alguns desses hábitos: "Tomar café da manhã, gostar de Harry Potter, usar cabelo de lado…".

Quer dizer que quem nasceu depois de 2012 não tem fome de manhã cedo? E tem que usar cabelo sempre partido no meio? E é proibido de gostar de uma história que revolucionou a literatura juvenil? Ao ler isso, dei graças por ter nascido muito antes, em uma época em que as pessoas podiam usar e gostar do que quer que fosse, sem serem censuradas na internet… Aliás, ainda bem que cresci off-line. Assim pude herdar muito dos gostos e hábitos dos meus pais, sem a patrulha virtual me rechaçar. Sempre gostei dos Beatles, de roupas meio hippies, de filmes de uma época em que eu nem sonhava em nascer... E nunca nem pensei que tais coisas eram antiquadas ou fora de moda. Muito pelo contrário. Sempre achei chique tudo que é meio *retrô*.

Na verdade, acho que isso de classificar a população por gerações é meio contraditório. O que é perfeito para mim pode não funcionar para outra pessoa, ainda que da mesma faixa etária. Outro dia, por exemplo, eu estava conversando com umas amigas, e elas morreram de rir quando eu disse que salvo os livros enquanto os escrevo em pen drives. Elas disseram que ninguém usa mais isso desde 2010! Fiquei provavelmente com a mesma cara do John Travolta no meme do *Pulp Fiction*. Perguntei como, então, elas salvam os arquivos hoje em dia e elas responderam: "Na nuvem, ué!".

Eu até salvo muita coisa na tal da nuvem. Mas um livro é algo muito valioso. Vai que algum *hacker* consegue invadir a minha nuvenzinha e ler a história antes da hora? De jeito nenhum. E qual é o problema com os pen drives, gente? Eles são tão leves, tão portáteis... Pra mim, tem coisa que veio pra ficar, e pen drive é uma delas.

O fato é que até a própria palavra "*cringe*" já está *cringe*. Mas sabe o que me dá vergonha mesmo? Estarmos em pleno século XXI e ainda rotularem pessoas.

Quer saber? Eu acho muito estiloso ser *vintage*. Eu era bem jovem, não tinha nem 18 anos, e todo mundo já dizia "bater uma foto". Mas eu gostava de falar "tirar retrato", achava muito mais romântico. E ainda hoje falo laptop, radiola, dentifrício, creme rinse... São palavras tão legais, por que deixá-las cair em desuso?

Acho que *a graça de cada geração é ter características próprias que a diferenciem das outras, mas desde que isso não limite ou restrinja as pessoas*. Como eu disse, sempre amei a moda, a música, as histórias da época em que meus pais ainda namoravam, mas ao mesmo tempo sou ligada no que meus leitores consomem e gostam atualmente, pois escrevo para adolescentes. Cafona é quem acha que tem que viver em uma caixa, apenas com pessoas que pensam, se vestem e fazem tudo igual. Isso chega a ser uma prisão. Viver assim por vontade própria é vergonhoso... É *cringe*. ♥

A (difícil) adaptação de livros para o cinema

AGOSTO/2021

Atualmente estou acompanhando as filmagens da adaptação cinematográfica de *Fazendo meu filme*. Desde que lancei o primeiro livro da série, treze anos atrás, me pediam para transformá-lo em um filme, quase como se eu tivesse poderes mágicos para tirar os personagens do papel e fazê-los existirem na vida real. Porém, agora que esse sonho coletivo está se realizando, alguns acham que realmente usei uma varinha de condão para fazer isso acontecer, mas não foi bem assim.

Pouca gente tem ideia das dificuldades de se transformar uma narrativa literária em uma obra cinematográfica. Eu também não sabia como funcionava, mas aprendi bastante quando *Cinderela Pop* ganhou as telas. E agora, que praticamente me mudei para o set de filmagem de *Fazendo meu filme*, estou aprendendo ainda mais.

Em primeiro lugar, descobri que é um pouco complicado adaptar um romance que é escrito em 1ª pessoa (como os meus). *No livro a gente lê os pensamentos da personagem e no cinema isso tem que virar ação.* E, algumas vezes, para o meu sofrimento (e o dos leitores), isso acaba mudando um pouco o enredo.

Por falar em mudanças, eu era o tipo de leitora que se incomodava com qualquer alteração ao assistir às adaptações dos livros de que eu gostava: "Por que colocaram o Harry ganhando a Firebolt do Sirius só no final?", "Por que mudaram a cidade da Mia de NY para São Francisco?", "Por que a Bella revelou que sabia que o Edward era um vampiro na floresta e não no carro?".

Eu ainda não tenho ideia da razão dessas mudanças (na verdade, elas continuam parecendo gratuitas para mim)... Porém, descobri que várias diferenças que percebemos no roteiro existem, sim, por algum motivo.

No caso dos meus livros as mudanças se devem principalmente a quatro fatores:

1. Faixa etária.

Meu público é composto, em sua maioria, por crianças e adolescentes, então é desejável que os filmes tenham censura livre. Porém, algo que no livro parece muito inocente pode trazer complicações na classificação etária, como uma pessoa bêbada no meio da história. Em *Cinderela Pop* é um rapaz embriagado que não entende o nome da Cintia Dorella e acaba a chamando de DJ Cinderela. No filme quem faz isso é uma velhinha surda.

2. Tempo.

Os filmes têm um tempo desejável, de acordo com o público-alvo, que não deve ser extrapolado. Os infantojuvenis geralmente duram no máximo uma hora e meia. Mas como transformar um livro de mais de trezentas páginas em um filme de noventa minutos? Cortes e mais cortes para o desespero da autora aqui...

3. Orçamento.

Ao escrever (ou ler) uma história, não imaginamos que, ao ser adaptada para o cinema, aquela narrativa não comportará algo que no livro é muito tranquilo. Como – no caso de *Fazendo meu filme* – o personagem Leo gravar um CD com mais de dez músicas internacionais para dar de presente. Com a alta do dólar, se conseguirem colocar na trilha sonora uma única música desse CD eu já ficarei feliz...

4. Elenco.

Um outro ponto que acho complicado é a escolha dos atores, quando no livro se tem uma descrição detalhada. Os personagens só existem na imaginação, então é preciso encontrar pessoas parecidas. Algumas vezes dá certo, tem ator que até parece ter inspirado o personagem de tão igual! Outros não... Então temos que ser flexíveis e tentar transformá-lo para aquele papel, até ficar o mais similar possível.

Como podem ver, seria muito útil ter poderes especiais para tornar esse processo um pouco mais fácil. Mas vou contar um segredo: a magia de certa forma existe. Ao presenciar o rosto emocionado de cada leitor vendo aquele universo que criei no papel se descortinar na tela, sinto como se eu realmente possuísse uma varinha de condão. É gratificante. Mágico. ♥

Carta de despedida

OUTUBRO/2021

Lembro como se fosse ontem, Miu Miu, quando o salvamos pela primeira vez. Era uma noite chuvosa de março, eu havia ido ao cinema com a minha mãe, e, na volta, ainda na garagem, meu irmão veio nos mostrar o que havia encontrado na rua, sozinho, no meio da chuva... Você. Um gatinho recém-nascido, molhado, tão pequeno e tão frágil que eu achei que não duraria uma noite. Tratamos de te enxugar, de te aquecer, encontramos na internet uma fórmula de leite para gatos bebês e então te alimentamos com um conta-gotas.

Acordei várias vezes naquela noite para conferir como estava e, para nossa surpresa, você sobreviveu. Do conta-gotas passamos para uma seringa, da seringa para a mamadeira, e foi assim que você se tornou meu filho. Por seis meses (mesmo já comendo ração), nós dois tínhamos aquele ritual. Eu te pegava no colo, você se aninhava, colocava as patinhas na mamadeira e ficávamos nos olhando, enquanto você se deliciava com o leite...

Até então eu acreditava naqueles rumores que dizem que gato não gosta do dono, que é traiçoeiro, mas você me ensinou que é tudo infundado. Desde os primeiros dias se mostrou muito carinhoso, gostava de companhia, subia no colo para ganhar carinho... embora possuísse uma alma de leão. Sim, apesar da meiguice, você sempre foi um gato bravo. Mas era exatamente essa braveza toda que te fazia tão especial. Apesar de ser desconfiado, de avançar em quem quer que arriscasse invadir seu território ou que tivesse a ousadia de tentar colocar a mão em você, comigo era diferente. Acho que realmente me considerava sua mãe, pois me deixava te pegar, abraçar, cheirar, beijar... Ficava quietinho, de olhos fechados, curtindo aquele nosso chamego.

Foi você que fez com que eu me apaixonasse por felinos, que me mostrou o quanto são inteligentes e companheiros e que me fez querer tê-los por perto para sempre. Acho que quem tem gatos sabe que esse é um caminho sem volta.

Você passou a ser cada vez mais importante, *tudo que eu fazia era pensando em você*. A sala de visitas cheia de caixas de papelão, simplesmente porque você gostava dessa decoração. A cozinha com dezenas de diferentes comidas de gato, para agradarem seu gosto apurado e seletivo. As viagens que eu precisava fazer, sempre pensando se você ficaria bem e deixando mil instruções para minha família. Aliás, foi em uma dessas viagens que te trouxe aquele arranhador tão grande que até rasgou a mala. Mas nem liguei, a alegria de ver que você gostou do presente valeu a pena, te fazer feliz era tudo que importava. Você era o rei da casa.

Até que você adoeceu, com apenas 6 anos. Você ficou tão fraquinho que eu sinceramente imaginei que ia me deixar. Foi então que eu te salvei pela segunda vez. Procurei especialistas, cuidei de você por meses, não poupei nenhum esforço, fiz de tudo para que continuasse aqui. E deu certo. Você se curou e me mostrou que gatos têm mesmo sete vidas, porque ao todo vivemos juntos onze anos intensos, densos, imensos...

Na verdade, cheguei a pensar que seria muito mais. Mas então você adoeceu de novo, de repente... Eu realmente não imaginava ter que me despedir por agora, tão depressa assim.

Ah, Miu Miu... Que pena que eu não consegui te salvar mais uma vez. Você sabe, eu tentei de tudo! Apesar do meu esforço, tive que te ver me deixando dia após dia, e eu só pude te abraçar, te aquecer, te alimentar, exatamente como fiz quando você chegou.

Por mais que estivesse me preparando, nunca imaginei que seria tão difícil ficar sem você. O vazio que você deixou está em todos os lugares. Em cada canto da casa, no olhar da Pretinha e da Snow, nos questionamentos da Mabel, no meu coração. Muito mais do que um gato, você foi mesmo o meu filhinho... Foi não, vai continuar sendo, porque vou te amar pela eternidade.

Obrigada, Miu Miu, por ter aparecido no meu caminho, por compartilhar essa vida comigo. Você lutou até o último minuto, e o que me consola é acreditar que agora está bem, em algum lugar lindo, sem remédios, sem dor, novamente guloso como sempre foi!

Até um dia, meu gatinho... Você vai ficar no meu coração para sempre! Já estou com muita saudade. ♥

Peixe surpresa

NOVEMBRO/2021

Nunca fui fã de refeições excêntricas. Meu pai, na época em que eu era criança, adorava as comidas de um restaurante meio exótico que vendia carne de jacaré, jabuti, coelho... Ele insistia para que eu provasse, dizia que tinha gosto de peixe, de frango... Mas nunca me convenceu. Lembro que eu achava aquilo bem estranho, mesmo sendo tão novinha. Quem teria coragem de comer um coelhinho? Isso me soava uma insensatez, algo muito absurdo, não entrava (e ainda não entra) na minha cabeça uma barbaridade daquelas.

Fui crescendo e ficando cada vez mais seletiva, até que aos 15 anos parei de comer carne vermelha. Na verdade, ainda nutro o sonho de ser totalmente vegetariana, o obstáculo é apenas um: eu não gosto de salada!

Mas, exatamente por ser desde pequena tão chata pra comer, um acontecimento na minha família me marcou muito e até hoje provoca risadas quando lembramos.

Meus pais foram jantar na casa de um dos meus tios, que tinha voltado de uma pescaria e trazido um peixe enorme. Eu devia ter uns 9 anos e me lembro de ter reclamado de não ter sido convidada, pois o meu tio tinha uma leoa de verdade (isso é assunto para outra história) e eu adorava ir lá. Mas como o evento não era para crianças, apenas no dia seguinte eu soube que o cardápio havia sido bem diferente...

Logo que acordei, minha mãe já veio contando o que tinha acontecido: não havia sido apenas uma reunião, e sim uma festa. Meu tio havia convidado muita gente, chamado garçons, servido entrada, drinks e tudo o mais. Mas foi o prato principal que roubou a cena.

Como anunciado, serviram o tal peixe. A maioria dos convidados se deliciou e repetiu. Minha mãe, por alguma razão que ela não lembra, resolveu comer apenas salada naquele dia, e essa foi a sorte dela. Assim que o jantar terminou, meu tio bateu palmas, avisou que queria mostrar a carcaça do peixe, para que todos vissem o tamanho, e então da cozinha vieram várias pessoas carregando uma tábua enorme...

Em vez de um inofensivo surubim, o que todos viram foi uma enorme pele de cobra. Uma sucuri, minha mãe afirma até hoje.

Algumas pessoas colocaram a mão na boca, outras correram para o banheiro, outras passaram mal ali mesmo e algumas poucas acharam muita graça. Hoje agradeço por não ter sido incluída na lista de convidados, acho que isso renderia um trauma pelo resto da vida... Comer *cobra*? Acho que nem se estivesse à beira da inanição.

Meu pai, ao contrário da minha mãe, adorou a experiência de provar aquela "iguaria" e me afirmou que realmente tinha gosto de peixe.

Como eu disse, no dia, aquilo pareceu trágico, mas ainda hoje diverte a família. E serviu como lição. Quando alguém convidar para comer um prato muito maravilhoso e fizer a maior firula, desconfie e agradeça o convite. Ou, então, deguste focando apenas o sabor, curta o momento, o evento e toda a diversão que ele trouxer na hora e também depois, nas lembranças. Afinal, *o que os olhos não veem... o estômago não sente!* ♥

Os anos pares são os melhores

JANEIRO/2022

O tempo está mesmo voando. 2022 chegou como um furacão, o primeiro mês já está terminando, e eu me dei conta de que nem cheguei a fazer as famosas resoluções com metas para o novo ano.

Na verdade, sei que não faz diferença, os anos sempre nos surpreendem, independentemente do ideal que almejamos. Apesar disso, algum tempo atrás, cheguei à conclusão de que *os anos pares são melhores que os ímpares*. E, para provar meu ponto, fui atrás de evidências. Como escrevi diários do início da adolescência até o começo da idade adulta, comecei uma pesquisa para me certificar de que essa constatação tinha fundamento.

Em primeiro lugar, claro, estava o meu nascimento, em um ano par, e só isso já mostrava a supremacia desses anos. Mas não era só isso. Grandes acontecimentos históricos geralmente são em anos pares, como o descobrimento e a independência do Brasil. Além disso, temos as eleições, a copa do mundo...

Enquanto olhava esses antigos diários, encontrei recordações diversas, coisas de que nem me lembrava mais. E foi uma dessas lembranças que me fez rir muito. Encontrei uma carta que um amigo do colégio havia me mandado. Ele estava em Cabo Frio com mais dois amigos nossos. Na época não existia e-mail, muito menos celular. Para telefonar, era preciso ir à central telefônica da cidade, que tinha uma fila enorme, então cartas realmente eram a melhor opção. O conteúdo da carta era apenas contando o que eles estavam fazendo lá, mas o "anexo" é que era o mais divertido. Uma foto de um dos meninos tomando banho, com o corpo todo coberto pelo vapor no box, mas com o rosto para fora com uma imensa cara de susto, por estarem tirando a foto naquele momento.

Ao encontrar aquilo, tornei a rir como anos antes e já mandei uma mensagem pelo MSN (nosso WhatsApp da época) para esse meu amigo do banho, que respondeu prontamente. O diálogo correu mais ou menos assim:

– Acabei de encontrar uma foto sua, pelado.

– Que foto é essa, meu Deus?!

– Aquela que os meninos me mandaram quando vocês foram pra Cabo Frio. Encontrei em um envelope na minha agenda de 1993... Eu queria provar que os anos pares são os melhores e para isso estava relendo meus antigos diários.

– Mas os anos pares SEMPRE são os melhores!

Sorri, feliz por alguém compartilhar dessa opinião comigo, e prometi que levaria a foto para ele na faculdade, onde estudávamos.

Alguns meses depois, recebi uma triste notícia. Ele havia falecido. Exatamente em um ano par...

Hoje em dia, tanto tempo depois, realmente não tenho mais tanta certeza de que os anos pares são melhores do que os ímpares. Já vivi acontecimentos lindos e trágicos em ambos os tipos de ano e agora acredito que a astrologia influencie mais as datas do que a numerologia.

De qualquer forma, estou torcendo para que este nosso ano par seja o melhor de todos. Que possamos recuperar as esperanças. Que o novo normal volte a ser o velho normal. Que possamos nos abraçar cada vez mais, sem medo.

Um feliz "ano par" para todos vocês! Que ele nos traga tudo o que há de melhor. ♥

Imprevistos

FEVEREIRO/2022

Todo mundo tem algum caso de viagem que rende boas risadas. Apesar de essas histórias quase sempre serem meio trágicas, são elas que nos despertam as lembranças mais engraçadas. A minha última viagem, em janeiro passado, não foi diferente, mas dessa vez os imprevistos vieram antes...

Minha família inteira ama viajar. Temos *wanderlust*, aquela expressão alemã que pode ser traduzida como "desejo por viagens, incessante vontade de vagar pelo mundo". Então dá para imaginar a sensação de asas cortadas quando a pandemia chegou e fez todo mundo ficar quieto em casa. Lembro que eu estava com viagem de férias marcada para março de 2020. Desmarquei, pensando que seria um simples adiamento... Como fui ingênua! Achava que o tal coronavírus iria durar uns três meses no máximo e que logo eu estaria frequentando o aeroporto como se fosse minha segunda casa, da maneira que sempre fiz. Porém, o tal vírus fixou mesmo moradia em nosso planeta, e, por isso, quase dois anos depois, eu já estava até meio deprimida por não poder arrumar as malas e sair por aí.

Por esse motivo, assim que a covid pareceu dar uma trégua, no fim do ano passado, quando todo mundo por aqui já estava devidamente vacinado, decretei: "*É agora ou nunca! Vamos viajar!* Antes que alguma variante surja e nos faça prisioneiros por mais dois anos!". Meu marido concordou, minha filha vibrou, pesquisamos a melhor data e resolvemos que seria no final de janeiro, para o meu lugar preferido do mundo: a Disney! Ficamos tão animados que até contagiamos minhas primas, com filhos da idade da Mabel. Compramos as passagens, reservamos o hotel e começamos a contagem regressiva!

Só não contávamos com um detalhe... A tal temida variante chegou muito antes do esperado. Pensamos várias vezes em adiar as férias. Por fim, uma das minhas primas falou que ia de qualquer jeito, que mais cedo ou mais tarde apareceria outro problema que também nos impediria de ir. E, no final, foi apenas o fato de não saber quando minha filha e os primos poderiam ir juntos para a Disney outra vez que me fez resolver arriscar.

Apesar do medo, estávamos muito animados para a viagem. A Mabel já tinha ido à Disney antes, mas era muito neném, só se lembrava das fotos. Estava muito empolgada para enxergar de pertinho o "nosso castelo", que estava acostumada a ver no início dos seus filmes preferidos.

Até que surgiu outro imprevisto. Dez dias antes, comecei a sentir a garganta arranhar. *Está tudo bem, deve ser alguma alergia*, pensei. No dia seguinte continuou, um pouco pior. No terceiro dia eu já tinha certeza de que nada estava bem e fui fazer um teste de covid. *Positivo.* Vi a viagem dos meus sonhos evaporar na minha frente e tive muita raiva dessa pandemia interminável. Eu havia passado dois anos reclusa, fazendo até compras pela internet, e de repente o vírus me pegou dentro da minha própria casa de alguma forma.

Porém, no dia seguinte, não senti mais nada. Aquele incômodo na garganta sumiu da mesma forma que chegou. Procurei saber da experiência de amigos que haviam tido covid recentemente, e eles me falaram que negativaram super-rápido, que a variante ômicron, por ser mais leve, também ia embora mais depressa. Meu marido sugeriu que deixássemos para cancelar a viagem em cima da hora. Ele e a Mabel não tinham se infectado, e era tudo reembolsável, pois já prevíamos que algo assim poderia acontecer.

Então, no dia que seria o da nossa ida, com o coração aos pulos e meio sem esperança, fiz um novo teste. Negativo! Nem acreditei! Fiz outro por garantia e novamente me certificaram de que não tinha coronavírus em mim. Fiz as malas em duas horas, e minha ficha caiu apenas quando desembarcamos na terra do Mickey.

Fiquei a viagem inteira achando que algo ia dar errado, que meu marido, minhas primas e as crianças iam ficar doentes, mas nada disso aconteceu. Todo mundo ficou feliz e saudável durante todo o período que passamos no lugar mais encantado do mundo.

Quando voltamos, desfizemos as malas já pensando na próxima viagem, torcendo para que nela nenhum imprevisto atrapalhasse nossos planos. Mas pelo menos agora estávamos recarregados. Com a esperança de dias melhores e mais livres.... como os que havíamos acabado de viver. ♥

MARÇO/2022

No começo da minha infância, o desenho de que eu mais gostava era A *Família Barbapapa*, que passava no *Globinho*, apresentado pela Paula Saldanha. Eu era tão apaixonada que uma das lembranças mais antigas que tenho é no quintal do nosso antigo apartamento, quando, aos 4 ou 5 anos de idade, peguei uma semente e a plantei, achando que ia nascer um Barbapapa – eles nascem assim no desenho. Eu amava tanto que tinha (na verdade ainda tenho) os disquinhos e sabia (ainda sei) cantar as músicas de cor.

Por isso, fiz questão de apresentar para a minha filhinha, e logo se tornou um dos desenhos favoritos dela também. Assim também aconteceu com outros. Assistimos juntas a todos os clássicos da Disney, *Os Muppets*, *Vila Sésamo*, *Luluzinha*... E, para minha surpresa, notei que ela gosta mais desses antigos do que dos preferidos da geração dela, como *Peppa Pig* e *Patrulha Canina*.

Claro que fico feliz com isso, sempre pensei que os *cartoons* da minha infância tinham muito mais qualidade... Pelo menos era o que eu achava. Até que *Bluey* surgiu em nossa vida. Ou melhor, na nossa televisão. Eu realmente não sei de onde veio, acho que pode ter sido um daqueles mecanismos que vão apresentando títulos que acham que vamos gostar após assistirmos algo. Acontece que, quando a Mabel começou a ver avidamente aquele desenho de cachorrinhos azuis australianos e também começou a dar risada e a repetir as falas, parei tudo para assistir com ela. E acabei sendo também conquistada.

A base é simples. Uma família de cachorros: pai, mãe e duas irmãs: Bluey, de 6 anos, e Bingo, de 4, passando por situações do cotidiano. O fato de serem cachorros é apenas um detalhe, porque na verdade o desenho ilustra famílias reais, situações pelas quais todos os pais passam com as crianças, até esquecemos que não são humanos.

Quando assisto a um filme ou leio um livro, eu adoro me identificar com os personagens. Porém nunca imaginaria que isso pudesse acontecer com um desenho infantil. Um desenho infantil de uma família de cachorros!

Alguns episódios ganharam verdadeiramente meu coração, como "O acampamento", quando a Bluey faz um amigo francês que se torna inseparável, mas ele tem que ir embora quando as férias terminam. Pela primeira vez ela sente uma perda, e por isso sua mãe explica: *"Algumas vezes pessoas especiais entram em nossa vida, ficam um pouco, mas então têm que partir..."*.

Outro que amo, e que até me fez chorar, é "Corrida dos bebês", em que a mãe conta para as filhas que, quando a Bluey nasceu, ela sempre parecia estar atrás dos bebês das amigas no desenvolvimento, mas ao final ela percebe que aquilo não era uma competição e que estava se saindo muito bem como mãe.

Como podem ver, *Bluey* realmente me tocou, e eu recomendo especialmente para quem tem crianças em casa (mas para quem não tem também). Os episódios são curtos, e cada um deles é tão cheio de humor e sensibilidade que realmente se torna um momento de conexão entre pais e filhos. Aqui costumamos conversar sobre o desenho em momentos aleatórios do dia, ao recordarmos alguma cena.

Volta e meia digo: "Lembra do que a Bluey descobriu naquele episódio...". Porque a verdade é que acabamos aprendendo junto com ela – como o pai da Bluey sempre diz – "valiosas lições de vida".

O desenho é tão bom que muitas vezes me pego pedindo para a Mabel: "Vamos ver só mais um episódio?", em vez de o contrário... É, acho que *Bluey* deixou de ser apenas o desenho preferido da Mabel. Passou a ser o meu também! ♥

O tombo da árvore

MAIO/2022

No final do ano passado, eu me mudei. O novo apartamento fica em uma grande avenida, mas tão arborizada que, ao andar por ela, nem sentimos que é tão movimentada. A sensação é de estarmos em uma estradinha com verde por todos os lados. Esse com certeza foi um dos atrativos que consideramos ao resolvermos nos mudar.

Depois da mudança, a sensação de ter feito a escolha certa só aumentou. Da minha janela vejo montanhas, muitos passarinhos, borboletas, e ainda tive a deliciosa surpresa de um suave farfalhar das folhas sempre que as árvores balançavam. Teve até uma vez que um prestador de serviço me perguntou se estava chovendo. Expliquei que era o som das folhas ao vento e fiquei feliz, pois na minha opinião nada melhor que barulhinho de chuva, mesmo sem estar chovendo de fato.

Das janelas da sala e da cozinha eu avistava três grandes árvores. Sim, no passado. Porque nesta semana, sem o menor aviso, a maior delas foi cortada.

Foi logo de manhã. Minha funcionária avisou que não dava para sair pela garagem do prédio, pois tinha um guindaste estacionado na frente dela, estavam podando a árvore. Corri para a janela e fiquei triste ao ver que ela realmente estava "pelada". Comecei a pesquisar sobre poda de árvores para saber em quanto tempo elas tornam a brotar, mas, antes que eu descobrisse, meu sogro, que estava aqui, avisou: "Olha, estão cortando todos os galhos!".

Com tristeza vi que era verdade. Não bastou deixarem a árvore nua, estavam ceifando os braços dela! Minha filha começou a chorar, ela também adorava aquela árvore que fazia sombra na nossa sala e onde víamos ninhos de passarinhos. Minha vontade foi de chorar junto, mas um alarme soou em mim. Iriam cortar as outras também? Fui correndo perguntar se os vizinhos sabiam de alguma coisa, e eles, também tristes, me tranquilizaram dizendo que era "só" aquela, pois tinham sido informados de que ela estava condenada. E não seriam apenas os galhos. Ela inteira seria cortada.

Fiquei arrasada, então meu marido desceu para entender direito aquela história. Os funcionários da poda contaram para ele que a remoção da árvore tinha sido solicitada pelo restaurante que ficava em frente à árvore. Mesmo chateada, compreendi, pois, se ela estava condenada, realmente corria risco de cair em cima do estabelecimento, dos carros e tudo o mais.

O serviço durou a manhã inteira. Quando eu saí à tarde, encontrei apenas o resto do tronco no chão, um pequeno resquício remanescente do que um dia havia sido aquela árvore tão grande e frondosa. Só que, ao analisar o tronco, vi que ele não estava oco, nem esfarelando, nem parecendo doente de alguma forma. Não entendo nada de árvores, mas aquele (agora) toco parecia bem saudável para mim. E a árvore era tão viva e com folhas tão verdes... Será que realmente era necessário cortá-la? Será que aquilo não teria acontecido apenas por ambição dos donos do restaurante, querendo mais espaço para mesas na calçada?

Nunca vou saber, e não há mais nada a se fazer. O barulhinho de chuva calou-se. Os passarinhos já devem ter feito outros ninhos. E, para conseguir sombra, agora preciso fechar a cortina.

Só me resta torcer para que as outras árvores da avenida continuem ali e que não sejam condenadas por ninguém... Na verdade, acho que *todas as árvores do mundo deveriam ser tombadas como patrimônio histórico* e apenas serem abatidas em casos extremos. Para que elas não corram o risco de sofrerem um tombo desnecessário... E levarem com elas a vista e a *vida* das nossas janelas. ♥

Gripe escolar

JULHO/2022

No segundo semestre do ano passado, minha filha, que tem 3 anos, começou a ir à escola. Na verdade, minha intenção era matriculá-la apenas neste ano, mas, ao visitar o colégio onde queríamos que ela estudasse, a coordenadora sugeriu que já iniciasse, assim entraria adaptada no ano seguinte.

Como a Mabel também já estava louca para começar, aceitamos a sugestão, embora a tal adaptação não tenha sido tão simples assim... Entre outros fatores, algo que dificultou um pouco foi a famosa "escolite" (também conhecida como "síndrome da creche"), que é quando a criança fica doente muitas vezes seguidas no início da vida escolar, por entrar em contato com uma grande variedade de agentes infecciosos e ainda não ter o sistema imunológico totalmente desenvolvido.

A pediatra logo avisou: "Nos primeiros seis meses é assim, uma gripe a cada três semanas". Então de certa forma eu já estava esperando, mas o que ninguém me avisou é que eu iria ficar doente junto. E que passar por essa fase em plena época de coronavírus seria tão complicado...

A cada nova gripe é um susto. Será que é covid ou resfriado comum? E lá se vão testes e mais testes. Na única vez que deu positivo, o coronavírus não teve nada a ver com a escola, pois a Mabel estava de férias...

Porém, continuamos nessa saga, acho que a pediatra da Mabel não contava com o fato de que, por termos ficado enclausurados por dois anos, os vírus iam querer tirar o atraso, então aquela previsão dela também teria que ser atualizada. Gripe aqui é semana sim, semana não!

Acontece que hoje em dia tossir e espirrar em público (mesmo de máscara) é mais falta de educação do que comer de boca aberta. Basta uma tossezinha para dezenas de olhares horrorizados se voltarem para a gente, como se tivéssemos acabado de cometer um crime. E assim já passei muito aperto por culpa dessa "síndrome da creche".

Uns meses atrás, participei da gravação de um programa de TV. Duas semanas antes, eu havia pegado da Mabel uma virose e estava com aquele restinho de tosse, que resolve aparecer nas horas mais impróprias. Já cheguei ao estúdio avisando que isso poderia acontecer e que não era covid, mostrando inclusive foto do resultado do exame. Como esperado, bem na hora da filmagem, me deu uma vontadezinha de tossir. Respirei fundo e continuei ouvindo as perguntas da apresentadora. Mas *tosse não aceita desaforo, se a gente prende, ela começa a coçar a garganta de um jeito que não dá para segurar*. E foi aí que tive a maior crise da vida! Tossi tanto que até saíram lágrimas dos meus olhos. A apresentadora e os câmeras foram bem compreensivos, paravam toda hora para eu me recompor, mas lá no fundo eu percebia aquelas expressões de "Será que não é covid mesmo?". Até eu já estava duvidando, mas não, era apenas a tal gripe escolar.

Mais recentemente, aconteceu outra vez, e o pior: as máscaras já estavam suspensas. Levei meu gato para consultar e tive novamente uma crise de tosse. A veterinária foi bem bacana, fingiu que não percebeu e continuou a examinar o Mistoffelees, mas o constrangimento de estar tossindo em um espaço fechado e tão pequeno, ainda mais sem uma proteção (além do próprio braço) na boca, quase me matou de vergonha.

Por isso, venho aqui fazer uma súplica para os fiscais do resfriado alheio. Antes de lançarem olhares impiedosos, certifiquem-se de que a tosse não vem de uma mãe de filhos pequenos. Essas gripes eternas da fase do maternal já são punição suficiente... ♥

A beleza de cada um

SETEMBRO/2022

Recentemente assisti *De volta ao baile*, que está no catálogo da Netflix. O filme conta a história de uma líder de torcida que sofre um acidente durante uma apresentação, entra em coma e acorda vinte anos depois. Como esperado, ela leva um choque ao constatar que não é mais uma adolescente e se surpreende com todas as mudanças que ocorreram no mundo durante o período em que esteve desacordada.

Porém o que me chamou mais atenção não foi o enredo, e sim a atriz principal, Rebel Wilson, conhecida por seus papéis cômicos como a "gordinha engraçada". Nesse filme ela apareceu trinta quilos mais magra. Eu já tinha lido que ela havia emagrecido durante a pandemia, mas vê-la na tela me deixou um pouco preocupada. Será que tinha sofrido alguma pressão para emagrecer? Havia resolvido mudar para satisfazer o padrão de Hollywood? Acontece que chega um ponto em que a busca pelo corpo "ideal" deixa de ser saudável e passa a ser uma obsessão. Em muitos casos, até vira doença.

A anorexia e a bulimia são transtornos alimentares graves, que podem levar à morte. Os dois têm em comum a busca pelo emagrecimento a qualquer custo. No primeiro, a pessoa deixa de comer, pois se acha gorda. E, no segundo, ela come, mas pouco depois se arrepende e resolve se livrar de tudo que ingeriu, para não engordar. Claro que é válido querer estar com tudo em cima, ficar de bem com a balança, gostar do que vê no espelho. Mas *tudo em excesso é prejudicial*. A pessoa que quer emagrecer deve fazer exercícios físicos e reeducação alimentar, e não dietas malucas que podem até fazer com que ela perca alguns quilos... mas com eles também a saúde, a disposição e a vontade de viver.

Uma breve busca no Google me fez entender que não era nada disso. A Rebel Wilson emagreceu por uma questão de saúde. Queria congelar óvulos, e o excesso de peso poderia atrapalhar. Eu realmente espero que seja apenas isso e que ela não fique obcecada, como tantas mulheres que acham que nunca estão magras o suficiente, que pensam que sempre podem perder mais um pouco.

Beleza é algo tão relativo... Eu acho que um pouquinho de recheio faz todo mundo parecer mais saudável e atraente. Inclusive, na época do Renascimento, a moda dizia que bonitas eram as pessoas mais "rechonchudas". Isso era sinal de prosperidade, de nobreza. Mas algumas pessoas preferem um padrão de corpo bem enxuto, com zero percentual de gordura.

Na verdade, o importante é a gente se respeitar, pois cada pessoa tem um tipo físico. O interessante é exatamente a diferença. Imagina que falta de graça se nós todos tivéssemos o mesmo corpo?

Aquela frase manjada que diz que a "a beleza está nos olhos de quem vê" é uma grande verdade. O que é bonito para mim pode não ser para os outros. Aquela pessoa que você acha a mais linda do mundo pode não representar nada para a sua amiga. E, mesmo que você se ache enorme ao se olhar no espelho, aposto que tem alguém que gosta de você exatamente como é... ♥

Prato do dia

SETEMBRO/2022

Alguns anos atrás viajei com meu marido para Buenos Aires. Eu já havia estado na capital argentina antes e estava ansiosa para rever lugares que eu tinha adorado conhecer e para provar mais uma vez a culinária maravilhosa da cidade.

Nosso voo chegou tarde, fomos direto para o hotel e ficamos felizes de saber que o restaurante do saguão – que eu já tinha ouvido dizer que era bem-conceituado inclusive entre não hóspedes – ainda estava aberto. Apenas deixamos as malas no quarto e descemos, ansiosos por começar a aproveitar a viagem ainda no primeiro dia.

Olhamos o cardápio, pedimos um vinho e então o garçom perguntou o que gostaríamos de comer. Meu marido logo pediu uma carne, mas eu, indecisa que sou, passei um tempo maior analisando cada item do menu. Com tantas opções maravilhosas, era bem difícil escolher. Até fizemos uma pergunta para o garçom que, aprendi mais tarde, nunca devemos fazer: "O que você sugere?".

Ele abriu um sorriso solícito e respondeu que o prato do dia era espaguete à carbonara e que estava muito bom. Eu não me lembrava de ter comido nada à carbonara antes, mas, ao ver que a receita continha queijo e bacon, topei na hora – com esses dois ingredientes não tinha como ser ruim. O garçom ficou feliz por ter ajudado e foi levar o pedido para a cozinha. Porém, mal havíamos brindado e começado a conversar, ele voltou com o meu prato. Nos admiramos com a rapidez, mas achamos bom, pois, além de famintos, estávamos bem cansados.

O espaguete estava com ótima aparência e sabor ainda melhor. Comi tudo em velocidade mais rápida que sua produção, feliz por termos começado a viagem com o pé direito. Mas, assim que pedimos a conta, notei que algo não estava tão bem...

Avisei para o meu marido que precisava subir depressa. Quando ele chegou ao quarto, eu ainda estava trancada no banheiro e assim fiquei pela maior parte da noite. Estava muito enjoada e com uma dor de barriga terrível, como nunca havia tido antes.

Concluímos mais tarde que, por ser o "prato do dia", o espaguete (que pelo que li depois também continha ovos na receita), provavelmente estava pronto desde a abertura do restaurante. Por isso, como chegamos já tarde da noite, ele não devia estar nada fresco.

A viagem era curta, de apenas cinco dias, e demorei uns três para me recuperar completamente. Ainda assim, com receio de a dor de barriga voltar, me privei de várias gostosuras argentinas que eu planejava experimentar. Porém havia um item que eu não estava disposta a abrir mão: o doce de leite. Eu já gostava de doce de leite antes, em Minas mesmo temos alguns maravilhosos... Porém, desde a minha primeira viagem para Buenos Aires, cheguei à conclusão de que aquele produzido ali é o melhor do mundo. E já que eu não podia provar naquele momento, tive uma ideia: iria levar para casa, assim poderia saborear devidamente depois.

Foi o que fiz. Comprei cinco potes, coloquei-os na mala e mal podia esperar para devorá-los! Só que, quando chegamos ao Brasil, tive a maior decepção... No aeroporto de Curitiba, abriram nossas malas e avisaram que teriam que confiscar todos os doces de leite, pois era proibido desembarcar com laticínios de outros países. Sem a menor pena e sem antes me oferecerem nem sequer uma colherada, furaram cada um dos meus sonhados potinhos e jogaram um líquido azul dentro de cada um deles. Quase chorei ao ver aquele estrago, que explicaram ser uma formalidade para mostrar que eles não seriam usados para consumo.

Apesar do final trágico, essa viagem me desperta boas lembranças até hoje. E com ela aprendi duas coisas: *não deixe para comer amanhã o que você pode comer hoje* e *nunca* peça o "prato do dia"! ♥

A despedida do bubu

OUTUBRO/2022

Minha filha tinha por volta de um ano e meio quando foi à dentista pela primeira vez, que logo nessa primeira consulta me perguntou se a Mabel usava chupeta. Confirmei, meio sem graça, pois sei perfeitamente a opinião dos dentistas a respeito desse apetrecho... Ela, então, me falou que deveria fazê-la largar esse hábito o quanto antes, pelo bem de sua arcada dentária, e que o ideal seria ter tirado antes de ela completar 1 ano, quando o apego é menor. Respirei fundo, antevendo o que iríamos enfrentar, pois realmente o apego pelo "bubu", como a Mabel o chamava, era enorme... Ou melhor, *pelos* bubus!

Tudo começou quando tive a ideia "fantástica" de jogar uns cinco bicos em volta dela na hora de dormir, para que pudesse encontrar um deles mais rápido e não me acordasse chorando, pois bastava que ela caísse no sono para a chupeta cair junto. Mal sabia o caos que isso ia gerar... Com o passar dos meses, a Mabel começou a ficar viciada em todos os bicos! Não se contentava mais em ter apenas o da boca, queria também segurar um em uma mão e outro na outra, e então passou a acordar no meio da noite caso perdesse qualquer um deles. Ou seja, o problema triplicou!

Até que, no ano passado, comecei a anunciar que, se ela continuasse a me acordar para procurar os três bicos no escuro, iria diminuir a quantidade. Era apenas uma ameaça vazia, de mãe exausta às três da madrugada, mas, na manhã seguinte a um desses episódios, ela mesma falou: "Hoje só vou poder dormir com dois, né, mamãe?". Concordei depressa, e ela aceitou aquilo naturalmente, sem parecer dar muita falta do terceiro bico. Respirei, aliviada. Faltavam "apenas" mais dois.

O segundo também foi tranquilo. Contei que eu havia parado de usar chupeta aos 3 anos, quando no lugar minha mãe me deu uma bonequinha. A Mabel gostou da ideia e falou que também queria fazer isso. Não perdi tempo. Providenciei um brinquedo e fiquei admirada ao constatar que minha filha também cumpriu a parte dela. Nunca mais pediu o bico da mão, mesmo depois de ter passado a novidade.

Já o terceiro bubu, o da boca, foi mais complicado. Comecei a perceber que o tal apego começou a aumentar ainda mais, a ponto de querer voltar a usá-lo de dia, o que ela não fazia desde os 2 anos. E notei que seus dentinhos já estavam ficando um pouco para a frente, por isso comecei a sentir urgência de tirá-lo dela, mas sem a menor ideia de como fazer isso sem gerar nenhum trauma. Inventei até uma "fada do bubu", que traria o presente que a Mabel quisesse caso estivesse disposta a entregar o bico. O presente ela escolheu rápido, uma boneca que anda e fala, que eu comprei depressa e escondi no armário, esperando que quisesse fazer logo a troca. Mas com toda a sabedoria dos seus 4 anos, ela alegou ainda não estar preparada...

Até que fiquei sabendo de um tal "bico de desmame", importado, criado especialmente para dar fim a esse vício. Na verdade, não é apenas um, são cinco, numerados, e a parte de silicone deles vai ficando gradualmente menor, até chegar ao último, com apenas meio centímetro, quando a criança perde o prazer da sucção.

Providenciei, no fundo sem acreditar muito que fosse dar certo. Achei que ia ser uma choradeira sem fim, mas, por incrível que pareça, o esquema funciona. Nos dois primeiros dias, a Mabel não gostou muito, mas depois achou até graça do bico pequenino. E, no do último estágio, ela só ficava segurando na mão, sem nem colocar na boca. Para incentivar ainda mais, pedi que uma amiga gravasse um áudio como se fosse a tal fada do bubu, dizendo que a boneca que anda e fala já estava com ela, ansiosa para conhecer sua nova mamãe.

Até que, poucos dias depois, ela acordou dizendo que tinha algo muito importante para contar: naquela noite, iria dormir sem o bubu. Fiz muita festa, disse que aquele era um grande passo e o quanto eu estava orgulhosa dela, no fundo pensando que a Mabel mudaria de ideia durante o dia. Mas não mudou... Aliás, na hora de se deitar, não demonstrou sentir a menor falta. Eu é que fiquei a madrugada inteira pensando que ela iria me pedir o bico, mas minha filha só acordou pela manhã, quando me perguntou se a fada já tinha trazido o presente.

Sim, ela tinha. E pelo visto a Mabel não se arrependeu da troca, pois a mostrou para todo mundo enquanto contava, feliz, que agora já dormia sem bubu!

Na primeira noite pós-bico, ainda pensei que vivenciaria algum choro, mas pelo visto a Mabel estava enganada. Ela já estava preparada havia muito tempo! Eu, por outro lado, estava longe disso...

Olhando-a agora em seu sono, meus olhos se enchem de lágrimas ao notar como ela cresceu. Já é uma meni-ninha, que brinca de bonecas e sabe muito bem o que quer. Mas uma coisa é certa: não importa quantos anos passem... com ou sem bubu, *ela vai ser para sempre a minha bebê*. ♥

O casamento da minha leitora

DEZEMBRO/2022

Sempre conto que vivenciei uma grande diferença entre o lançamento do meu primeiro romance e o segundo. No de *Fazendo meu filme 1*, compareceram apenas familiares e amigos. Mas, quando lancei o volume 2 da série, para a minha surpresa, a livraria estava repleta de adolescentes que tinham lido o primeiro livro e estavam ansiosos para a continuação.

Fiquei tão feliz por um ter um público "de verdade", pessoas que estavam ali por terem gostado da minha história, e não apenas por terem um laço afetivo comigo, que aqueles primeiros leitores me marcaram de uma forma especial. Alguns até hoje me acompanham, treze anos após aquele segundo lançamento, e eu ainda lembro o nome de vários deles. E tem também aqueles que eram bem assíduos, que se tornaram muito próximos e com quem até hoje mantenho contato. Eu me orgulho de tê-los visto crescer. E esse é o caso da Duda, minha leitora que vai se casar.

Ela aparece no vídeo do lançamento que citei, junto com seu irmão. Eles tinham por volta dos 12, 13 anos, e lembro que estavam tão empolgados que, ao conversar com os dois, me senti também no início da adolescência. Lembro que eles me escreveram sobre o novo livro depois de terminá-lo e também de terem ido a outros lançamentos.

Até que a Duda começou a namorar, lá pelos 16 anos. Na época, eu estava começando a escrever a 2ª temporada de *Minha vida fora de série*, e na minha história a Priscila – personagem principal – também tem essa idade e namora. Como o namoro dos adolescentes mudou bastante desde a época em que eu tinha essa idade, comecei a fazer pesquisa para entender um pouco como andava o ritmo do romance entre pessoas essa faixa etária. A Duda foi uma das primeiras que procurei pedindo socorro para me ajudar nisso, e ela me atendeu prontamente. Se abriu, contou do namoro das amigas, das conhecidas e, especialmente, do dela.

De lá pra cá, muitos anos se passaram, eu continuei acompanhando a vida dela e a do irmão pelas redes sociais, de vez em quando um deles me escreve, mas, quando se é adulto, os dias passam sem que a gente perceba direito, quando se vê já se foi uma década... E foi por isso que me assustei quando a Duda anunciou que tinha ficado noiva. Noiva?! Aquela menininha? Quanto tempo eu havia dormido?

Apesar da surpresa, lembro que amei a notícia. Minha leitora estava noiva do namoradinho da escola, vivendo uma história parecida com as que eu escrevo, mas que todo mundo acha que só existe no papel. E, exatamente por isso, fiquei tão feliz. Gosto de pensar que meus livros trouxeram um pouco de esperança no amor para essa geração, que andava tão descrente e se contentando com romances descartáveis. Gosto de imaginar que, ainda que inconscientemente, meus personagens influenciaram um pouco a personalidade desses (agora) jovens adultos, que cresceram lendo minhas narrativas e que também sonham em ter uma vida cor-de-rosa.

Só gostaria de ter uma máquina do tempo, para contar àquela menininha de 13 anos do meu lançamento, que dizia que não conseguia desgrudar das páginas e que havia virado a noite lendo, que a vida dela também ia ser fora de série... E que agora sou eu que ando acompanhando intensamente tudo que ela posta sobre os preparativos de seu casamento e que vibro como se ela fosse uma das minhas personagens. Mas ela é mais do que isso. É uma garota real. Que me mostra todos os dias que romances de conto de fadas também acontecem na realidade.

E é por isso que fiz questão de escrever este texto, para mostrar às minhas outras leitoras, tão românticas quanto eu, que *o amor não é apenas invenção, não acontece só nas minhas histórias*. Como disse uma das minhas personagens: "Nenhum filme é melhor do que a própria vida!". Tenho certeza de que a Duda já percebeu isso. E é por essa razão que eu desejo para ela um casamento ainda mais lindo do que o dos livros. Eu sei que ela vai ter. Ela já está vivendo feliz para sempre... ♥

FEVEREIRO/2023

Em agosto do ano passado, exatamente no dia do aniversário da minha filha, a casa da minha mãe foi assaltada. Na verdade, "casa da minha mãe" é apenas uma nomenclatura para explicar que não é onde atualmente moro, porque ainda considero aquela casa assim. Minha.

Meus pais começaram a construí-la quando eu era bem novinha, nos mudamos para lá em 1983. Eram outros tempos, eu acredito que melhores, como todo mundo acha que foram os anos de sua infância... Mas nesse caso acho que eram mesmo, pois eu e meu irmão crescemos brincando na rua, sem violência, sem perigo de sermos sequestrados, com uma turma de crianças que andava de bicicleta para cima e para baixo sem que as mães se preocupassem, como aconteceria hoje em dia.

E, exatamente por isso, parte das minhas roupas, livros, DVDs, fotos, diários da minha adolescência continuam lá... Gosto de entrar no meu antigo quarto e me sentir um pouquinho no passado, conectada com quem eu já fui um dia.

Por décadas, vimos as casas dos vizinhos serem assaltadas, e inclusive muitos deles se mudaram da rua por isso. Mas a nossa nunca havia sido invadida, talvez por sempre termos tido cachorros grandes ou por ela ficar em uma esquina movimentada.

Porém, como pudemos constatar mais tarde através das filmagens das câmeras dos vizinhos, os ladrões pareciam saber exatamente o que estavam fazendo. Esperaram que minha mãe e meu irmão saíssem e vigiaram a Duna (nossa dobermann). Quando ela estava em um extremo da área frontal da casa, entraram pelo outro, simplesmente deslocando o portão, como se fosse de brinquedo, como se eles próprios morassem ali.

Minha mãe tinha ido ao meu apartamento, que é bem perto, apenas para dar os parabéns para a Mabel, mas, assim que voltou, notou algo estranho: vários objetos estavam espalhados pelo corredor. Ela então me telefonou dizendo que achava que tinha acontecido um assalto. Mandei que ela saísse de casa depressa, e em poucos minutos os policiais chegaram. Os bandidos não estavam mais no local. Mas o rastro que deixaram, sim.

Colocaram tudo de cabeça para baixo. Reviraram a casa inteira, inclusive o meu quarto... Nele tinha uma antiga mochila onde eu deixava dois laptops. Um que ficava lá para eu poder escrever enquanto minha mãe brincava com a Mabel, e o outro, mais velho (mas o que mais me doeu), que tinha algumas coisas antigas... Arquivos que eu havia deixado para salvar em algum momento, pensando que teria tempo para isso.

Mais tarde naquele dia, na maior ressaca emocional, fiquei pensando por que eu os guardava ali. E cheguei à conclusão de que, por ironia, eu pensava que estariam mais seguros assim. Uma parte de mim acreditava que aquele lugar estava protegido de todo o mal.

Apenas agora, seis meses depois que isso aconteceu, consigo colocar no papel essa história. Antes, preferia empurrar para o fundo dos meus pensamentos, em uma tentativa de "se eu não lembro, não aconteceu". Pelo visto não adiantou, porque agora, escrevendo e sentindo tudo isso novamente, meus olhos estão completamente marejados, tentando colocar finalmente para fora todas as lágrimas que tento segurar desde aquele dia.

Atualmente, quando chego lá e entro no meu quarto, o primeiro pensamento que me vem é que pessoas que eu nunca convidei para estarem ali também abriram meus armários, mexeram nas minhas gavetas, puseram as mãos nas minhas roupas. Lembro dos meus laptops onde escrevi tantas histórias e imagino onde estarão... Desmontados? Formatados? Vendidos? Espero que sim. Espero que aquelas "fábricas de sonhos", como costumo chamar meus computadores, estejam sendo usadas por pessoas boas que não têm ideia de que elas foram tiradas sem consentimento de alguém que construía suas histórias (reais e imaginárias) nelas.

Os ladrões não roubaram apenas bens materiais, levaram algo muito mais valioso: a imagem imaculada que eu tinha da minha casa.

Mas, então, olho pela janela e vejo a Mabel brincando radiante no quintal, como eu costumava fazer na minha infância. E novamente tudo se ilumina. Agora ali é a "casa da vovó", onde ela adora passar os dias e está construindo suas próprias lembranças.

E é nisso que me apego e onde encontro consolo quando me lembro do assalto. Os ladrões levaram muitos objetos queridos, mas *existe algo que ninguém nunca vai poder roubar: nossas recordações*. ♥

Histórias coloridas

MARÇO/2023

No mês passado, a professora da minha filha me convidou para ir à escola conversar com seus alunos sobre a profissão de escritora. Estavam fazendo um livrinho na sala e seria muito interessante ouvirem o depoimento de uma escritora "de verdade".

Fiquei muito empolgada com o convite, pois sempre tive vontade de me transformar em um mosquitinho ou de ter uma capa de invisibilidade para poder ver como a Mabel interage com os colegas e se comporta na escola. Mas, ao passar por essa experiência de estar infiltrada na sala dela, recebi muito mais do que a chance de espiar o que minha filha de 4 anos faz longe de mim, porque por aproximadamente uma hora eu mais ouvi do que falei.

Comecei contando sobre meu processo de criação, que *antes de colocar minhas histórias no papel eu as imagino*. A primeira mão foi levantada nessa hora, então parei para ouvir a dúvida: "E se você esquecer o que está imaginando?", uma menina perguntou. Expliquei que eu ia anotando para não me perder e depois fazia um resumo antes de desenvolver a história.

Várias mãos se levantaram dessa vez. Queriam saber o que era um *resumo*. "Um resumo é quando você conta a história sem os detalhes, só as partes mais importantes." Eles pareceram entender e continuei a explicar que depois eu desenvolvo a história e que, quando termino, mando para a gráfica, o lugar onde os livros são impressos. Nesse momento, um menino quis saber quantos livros eram feitos de cada vez... Falei que depende, mas geralmente cinco mil. A professora esclareceu que precisaria fazer umas cinquenta torres de livros até o teto, e eles ficaram muito impressionados.

Terminei falando que só então os livros são vendidos e aproveitei para perguntar se já tinham ido a uma livraria. Vários disseram que sim, e uma menina, então, falou depressa que uma vez foi a uma padaria que tinha livros! Isso gerou várias mãos levantadas e depoimentos diversos: "Eu fui numa padaria que tinha cookies!", "Eu gosto de cookies!", "Eu gosto de pão!".

Tentando segurar o riso, continuei minha história, dizendo que alguns dos meus livros tinham virado filme e que eles podiam assistir agora na televisão. Novas mãos erguidas: "Eu já fui no cinema!", "Meu filme preferido é *Frozen*"... No meio daquelas mãos, notei a da Mabel. Fiquei pensando qual seria a dúvida dela, já que acompanha bem de perto o processo de "fabricação de livros". Dei a vez para ela, que disse apenas: "Te amo, mamãe".

Talvez por ter notado que fiquei meio emotiva e também perdida naquela confusão de mãos, a professora perguntou se eu gostaria de ler uma história para eles. Eu já havia combinado com ela que leria uma do livro infantil que estou escrevendo, com historinhas que invento para a Mabel, então todos ficaram em silêncio me ouvindo contar sobre o coelhinho fujão. Ao final, em uníssono, pediram para ouvir mais uma, e minha filha pediu que fosse a do flamingo que queria ser azul, uma de suas preferidas. Todos também pareceram gostar, pediram mais, mas já estava na hora de a aula terminar.

Ao final, alguns ainda fizeram desenhos bem coloridos para mim, outros pediram que eu ajudasse a arrumar a mochila ou a amarrar o sapato, e me senti muito feliz por eles terem me aceitado com tanto carinho naquele mundinho deles.

No dia seguinte, a professora me escreveu contando que os alunos perguntaram se eu voltaria outra vez e que um deles até falou que queria que eu fosse lá todos os dias para ler histórias! Respondi que ela podia me convidar sempre, afinal, eu ainda estava energizada por toda aquela euforia infantil e me sentindo revitalizada por isso.

Fui para ensinar e acabei aprendendo com aquelas crianças tão puras e curiosas: enxergar o mundo com olhos inocentes, desenhar para alguém sempre que der vontade e não ter vergonha de levantar a mão quando surgir a urgência de aprender algo novo. Talvez esse seja o segredo da felicidade. Talvez, assim, nossa vida ganhe uma folha em branco a cada dia. E poderemos enchê-la de histórias. Coloridas. ♥

De onde surgem os livros

JUNHO/2023

Em um fim de semana desses, estava com a Mabel em uma livraria e ela perguntou de onde haviam surgido todos aqueles livros, como se tivessem sido colocados ali em um passe de mágica. Realmente, quando vemos aquelas estantes lotadas, parece mesmo que os livros chegaram magicamente, nem imaginamos o caminho que percorreram até ali.

Então, para todos que têm a mesma curiosidade que a minha filha, vou contar sobre esse longo percurso até uma história chegar às nossas mãos...

Tudo começa com uma ideia. No meu caso, antes de escrever, imagino toda a narrativa, com começo, meio e fim, anoto as partes mais importantes. Chamo essas anotações de "roteiro". Fazer isso acelera muito o processo e também impede os famosos "bloqueios criativos", pois, com a história toda já direcionada, não há espaço para brancos.

É só depois de o roteiro estar pronto que inicio propriamente a escrita, que é a parte mais demorada.

Começo a desenvolver os parágrafos, e é nesse momento que vem a inspiração. Quando estou imersa na história, me sinto como uma das minhas personagens. Vou brincando de viver a vida delas, sinto suas emoções, ando pelos lugares por onde elas passam... É um pouco como a sensação de ler um livro. Aliás, tem algo que já percebi: a emoção dos leitores ao lerem é espelhada na minha ao escrever. Várias vezes já me contaram que choraram em alguma parte do livro, e eu vejo que foi exatamente no momento em que eu também me emocionei. E, quando eu conto que ri muito em certo capítulo, os leitores dizem que isso também aconteceu com eles.

Durante a escrita, vejo que algumas coisas que planejei não funcionam ou tenho novas ideias que me fazem mudar o que tinha pensado antes. Então tenho que parar, refazer o roteiro e só então voltar.

Ao terminar a história – o que no meu caso pode durar de três meses a três anos – releio tudo, com muita atenção, para ver se não tem nenhum erro de ortografia ou de continuidade. Depois envio para a editora. E aí um novo processo começa.

Ao receber o texto, a editora faz revisões com profissionais, e algumas vezes eles sugerem mudanças. Ele volta para mim, para aprovar ou não o que foi proposto. Depois dessa revisão e aprovação, ele ganha uma diagramação, que é transformá-lo em formato de livro. Eu costumo escrever no Word, então é como pegar o meu texto e encaixá-lo numa página menor. Não, a história não diminui, o que acontece é que o meu texto é distribuído em mais folhas. Então, quando termino, já sei que o número de páginas vai ser bem maior do que aquele que entreguei.

Paralelamente à diagramação, acontece o processo de produção da capa. Isso varia muito de como cada editora quer fazer. O designer escolhe a fonte do título, as cores, e seleciona a imagem da capa, que pode ser uma ilustração ou uma fotografia adquirida em bancos de imagens, ou, no meu caso, produzida. Geralmente chamamos modelos, vamos para o estúdio e fazemos as fotos que tenham relação com o tema principal da história.

Depois disso, finalmente o livro vai para a gráfica! Capa e miolo são rodados separadamente e, só depois de impressos, colados ou costurados. Essa parte, da impressão à colagem, demora mais alguns dias.

Quando estão prontos, os livros chegam ao estoque das editoras e só então são direcionados para as livrarias. Mas não acabou. Ao chegarem lá, eles passam por um cadastro para controle da quantidade e local onde serão expostos.

Agora, sim, é a parte em que chegamos à livraria e os encontramos nas prateleiras! Como podem ver (e como expliquei para a Mabel), não tem feitiço nenhum. Na verdade, a mágica acontece, sim, mas depois, quando levamos o livro para casa e abrimos as primeiras páginas... É aí que somos abduzidos para outro lugar, outra época, vivenciamos sensações e experiências pelas quais nem imaginávamos passar. E o melhor, sem precisar de passagem de avião, nave espacial ou máquina do tempo. *Esta é a verdadeira magia dos livros: fazer com que a gente viva outras vidas... sem sair da nossa.* ♥

Receita de família

AGOSTO/2023

A maioria das famílias tem aquela receita antiga que foi passada da mãe para os filhos. A minha não é diferente. Minha avó paterna era uma exímia cozinheira. Morro de saudade de vê-la "fabricar" macarrão e bala delícia. Todas as vezes que íamos visitá-la, sua casa estava com um aroma divino... Nem importava o que era, eu sabia que tudo que estivesse no forno ou no fogão seria delicioso. Uma das minhas tias aprendeu com ela a fazer alguns doces e de vez em quando nos presenteia, para matarmos a saudade.

Minha avó materna também era boa na cozinha, e minha mãe herdou isso, apesar de nunca ter tido muito tempo para se aperfeiçoar. Por ela ser médica, sempre tive que me contentar em provar seus pratos maravilhosos aos finais de semana ou em ocasiões especiais. Porém, a uma das receitas dela sempre dei uma menção honrosa: o fondue de queijo, que acabou virando o prato oficial dos encontros que eu e meus amigos costumávamos fazer na minha casa.

Exatamente por gostar tanto, eu quis aprender a fazer e me surpreendi com a simplicidade. Só precisamos de queijo, vinho branco seco, alho, sal e maisena. Porém, o segredo está na junção dos ingredientes, e descobri isso de forma trágica...

Eu já havia feito aquela receita muitas vezes, então, quando comecei a sair com meu marido (que na época ainda não era nem meu namorado), resolvi checar se era verdade aquele ditado que diz que a melhor forma de conquistar um homem é pela barriga... Eu o chamei, junto com vários amigos nossos, para uma noite de fondue e violão. Acontece que eu não queria de jeito nenhum perder tempo cozinhando na hora do evento. Por isso, inventei de já deixar o fondue semipronto para na hora apenas esquentar.

As pessoas chegaram, servi uns tira-gostos, vinho pra cá, vinho pra lá, muita conversa, muita música, muita paquera... Até que achei que era hora de servir o prato principal. Fui para a cozinha crente que iria arrasar, mas, quando comecei a esquentar o fondue, percebi, para o meu desespero, que o queijo tinha empedrado. Não derretia novamente por nada! Em vez daquela mistura homogênea de queijo derretido, o que tínhamos ali era um caldo de vinho com pedaços de queijo duro no meio. Minhas primas tentaram ajudar: "Coloca leite, coloca água, coloca mais vinho"... Fiz tudo, mas não funcionou. Então resolvi usar a minha última cartada, mas que eu sabia que era a minha melhor chance.

Minha mãe estava no quarto dela, sem querer atrapalhar a nossa festinha, e até se surpreendeu quando entrei lá quase chorando, sem saber o que fazer. Contei o que tinha acontecido, e ela explicou que a culpada tinha sido a maisena. Eu não podia ter colocado antes, era pra usar apenas um pouco no final, para engrossar caso precisasse. Como sempre fiz fondue para comer na hora, nunca tinha percebido que esse detalhe fazia toda a diferença...

Ela foi até a cozinha, deu uma olhada e já começou a tirar o queijo da panela. Perguntou o que tinha sobrado de ingredientes, viu que não era muito, mas avisou que era *melhor ser pouco e saboroso do que muito e indigesto*. E, então, fez novamente o fondue, do jeito certo, e respirei aliviada quando vi aquela panela borbulhante e cheirosa com minha iguaria preferida.

Dei o maior abraço na minha mãe, servimos, e, como esperado, fez o maior sucesso.

Nunca mais errei o ponto do fondue. Ainda bem que não precisei daquela receita para conquistar o moço... Pelo menos eu acho que não, porque a verdade é que ainda hoje, nos dias frios, ele me pede para repeti-la e até mesmo me ajuda... Deve ser pra eu não inventar de fazê-la com antecedência! ♥

A porquinha de verdade

SETEMBRO/2023

Minha filha tem um livro muito bonitinho que se chama *O coelho de pelúcia*, adaptado da obra de Margery Williams. É a história de um menino que ganha de aniversário um coelhinho de pelúcia, mas logo é esquecido em meio a vários brinquedos dentro de um armário escuro. Um dia, um cavalinho de pau conta para o coelho que, *quando uma criança ama muito um brinquedo por muito tempo, ele se torna "real" para ela, e não apenas um objeto para brincar.*

O livro é muito fofinho e recomendo a leitura, mas a história que quero contar é outra.

A Mabel tem quase 5 anos, e nesse período vi vários brinquedos se tornarem "reais" por aqui. Começou com a "Rá-rá-zinha". O primeiro filme pelo qual ela se encantou foi *A Bela Adormecida*, mas, por não conseguir falar o nome "Aurora", ela a chamava de "Rá-rá", em referência à risada da Malévola. Minha amiga deu para ela uma Aurora de crochê que logo virou a "Rá-rá-zinha", sua amiga inseparável para a hora de dormir até hoje.

Depois apareceram outros brinquedos preferidos: uma boneca Mônica, a Maradelle – que é uma bebê que ri e chora –, um dinossauro, o Mr. Bunny – que é um coelho com glitter... Até que, uma semana atrás, no aeroporto, me deparei com uma porquinha cor-de-rosa, macia como um travesseiro.

A porquinha logo me chamou a atenção, pois uns dias antes havíamos visto em algum filme um porquinho, e minha filha tinha pedido um. Expliquei que eu até queria um minipig, mas que nesse momento não dava, pois já temos quatro gatos... E ainda completei: "Quem sabe um dia?". Mas o que realmente me fez levar a porca foi quando a vendedora me disse que ela tinha um porquinho neném na barriga (de zíper). Eu sabia que a Mabel ia ficar enlouquecida com aquilo e comprei sem nem pensar.

Eu estava certa, ela amou e passou a levar a porquinha, que se chama Mercedes, para todos os lugares, inclusive para a escola.

Tudo certo e esperado, até que hoje a professora dela nos mandou uma mensagem dizendo:

"Querida família, a Mabel nos relatou que possui um porquinho de verdade em casa. Caso seja isso mesmo, gostaríamos de convidar vocês para trazer o animalzinho na escola, pois uma das turmas está estudando o tema 'na fazenda'. É possível? Aguardo retorno e desde já agradeço."

Tive que ler a mensagem umas três vezes, sem saber se chorava ou dava risada. Meio sem graça, respondi:

"Querida professora, não temos um porquinho de verdade... Fiquei até meio preocupada, pensando se a Mabel está mentindo ou imaginando demais! Eu trouxe de viagem para ela, uma semana atrás, a porquinha rosa que ela levou no último Dia do Brinquedo. Ela está muito apegada a essa porca e imagino que a vontade de ter uma pra valer falou mais alto... De qualquer forma, desculpe a confusão. Temos coelhos (de verdade) na casa da minha mãe caso possa ajudar."

Assim que a Mabel chegou da escola, contei que a professora tinha me escrito e perguntei delicadamente sobre qual porquinho ela estava falando. Sem titubear, ela respondeu: "Ué, mamãe, da Mercedes!". Eu então expliquei que ela não era de verdade, e a Mabel franziu as sobrancelhas, como se eu não soubesse de nada: "Ela é, sim!".

Foi então que me veio à cabeça o livro que citei no começo. A minha filha não tinha contado mentira ou fantasiado. Para ela, aquela porquinha não é apenas feita de pano. Em pouco tempo, elas já tinham vivido tantas aventuras que ela ganhou vida. Para a Mabel, ela é *real*. ♥

Sonho de fã

SETEMBRO/2023

Quando eu tinha 7 anos, conheci meu primeiro ídolo: o Maurício de Sousa. Minha mãe lia para mim as revistinhas da Mônica desde que eu era bem novinha, e, depois que aprendi a ler, ganhei até uma assinatura das revistas, pois a Mônica, a Magali, o Cascão e o Cebolinha se tornaram meus melhores amigos. Eu não me desgrudava deles, queria ler o tempo inteiro.

Por isso, quando, no começo dos anos 1980, minha mãe soube que o Maurício vinha a Belo Horizonte para uma sessão de autógrafos em uma livraria, fez questão de me levar. Apesar da pouca idade, me lembro daquele dia até hoje. Ele escreveu "Oi, Paula.", desenhou uma Mônica e assinou. E aquele papelzinho passou a ser a minha relíquia.

Fui crescendo, e meu amor por aqueles personagens continuou. Ainda guardo a minha coleção (que conta com gibis dos anos 1970 até o começo dos anos 2000), e é exatamente por causa deles que outra história começou.

A Mabel ainda bebê se interessou por aquelas revistinhas. Pedia para ver, queria folhear... E então um dia fomos à casa da minha avó e ela descobriu que a minha tia tinha uma boneca da Mônica, se apaixonou e não a largou por nada! Minha tia acabou dando a boneca para ela, e até hoje, uns quatro anos depois, a Mabel ainda é louca por esse brinquedo.

O envolvimento dela com a *Turma da Mônica* aumentou mais ainda quando descobriu que podia vê-la na TV. Vários desenhos estão disponíveis em plataformas de streaming, e a Mabel já assistiu a todos. Assim que ficou um pouco maior, mostrei para ela que existiam filmes também, com personagens "de carne e osso". Assistimos juntas aos live-action *Laços* e *Lições*, e qual foi a minha surpresa quando ao final ela perguntou se podia conhecer a Mônica?

Eu ri, comecei a explicar que a Mônica era uma personagem que só existia nos desenhos, mas ela apontou para a TV e disse que queria falar com a Mônica "de verdade".

Fiquei pensando se devia explicar que aquela garota era uma atriz, mas a Mabel tem apenas 5 anos. Ela já foi várias vezes à Disney e conheceu muitas princesas; para ela, conversar com os personagens é algo natural... Por isso, se ela queria falar com a Mônica, eu ia dar um jeito.

Eu já conhecia a Giulia Benite, a atriz que interpreta a Mônica nesses filmes, então planejei que na nossa próxima viagem a São Paulo eu tentaria promover um encontro entre a Mabel e a sua personagem do coração. Eu só não imaginei que isso aconteceria tão rápido...

Alguns dias atrás, viajei ao Rio para participar da Bienal do Livro e soube que a Giulia também estaria lá em um evento, próximo ao horário da minha sessão de autógrafos. Mandei uma mensagem para ela contando que minha filhinha queria muito conhecê-la, e ela foi extremamente fofa e receptiva. E assim conseguimos uma forma de aquele sonho se realizar.

A Mabel, ao vê-la, inicialmente ficou tímida, mas minutos depois já começou a se achar amiga da Giulia (ou melhor, da Mônica), queria mostrar os brinquedos, conversar... E eu me senti totalmente na pele das mães das minhas leitoras, tirando quinhentas fotos, preocupada de tudo dar certo, toda nervosa!

Acho que a Mabel também vai se lembrar da realização desse primeiro sonho de fã dela por muito tempo. Tenho certeza de que EU nunca vou esquecer... ♥

Luto do que já vivi

JANEIRO/2024

Outro dia meu marido me enviou pelo WhatsApp uma foto da nossa filha com uns 2 anos. Costumamos fazer isso, às vezes o iPhone cria aqueles vídeos de recordações e compartilhamos para que o outro também possa sentir aquela saudade que é dolorida, mas ao mesmo tempo feliz.

E foi aí que comecei a pensar sobre como esse sentimento é contraditório. Quando ele me mandou a tal foto, respondi: "O que sinto é tão estranho! É tipo um luto por uma pessoa que está viva!". Ele se assustou, e expliquei: "Morro de saudade dela, mesmo sabendo que está aqui do meu lado! Queria abraçar essa bebê, mas ela não existe mais com essa idade". Não que eu não a queira agora ou que não goste dela com 5 anos. Eu amo! Na verdade, cada dia mais. Cada fase tem um novo encanto. Mas tenho saudade da bebezinha que ela era.

Sinto esse "luto" também ao ir a lugares do meu passado. Eu já era adulta quando visitei o colégio em que estudei até os 12 anos (o saudoso Izabela Hendrix). Quando criança, eu achava que o local era uma cidade, de tão enorme! Mas, ao chegar lá depois de crescida, fiquei surpresa ao notar que não era tão grande assim. Era o mesmo lugar, mas eu não era mais a mesma.

Algo parecido acontece também ao fazer uma receita. Minha avó paterna era uma doceira maravilhosa, e algumas vezes arriscamos a cozinhar as receitas que ela fazia, seguindo à risca as instruções e os ingredientes. Não adianta. O sabor nunca é igual ao da minha lembrança... E sei que isso é porque o doce está fora do contexto. O gosto dele tinha a adição do cheiro delicioso da cozinha da minha avó, das brincadeiras que fazíamos naquela casa sempre cheia, do carinho com o qual ela me deixava "rapar a panela" logo depois de cozinhar.

Por essa razão, fico até com medo de rever locais onde fui muito feliz. Por exemplo, em 2011, viajei com meu marido (que na época ainda era namorado) para o Chile. Foi uma viagem meio improvisada: queríamos ir para algum lugar com neve, achamos uma promoção de passagens e menos de dez dias depois desembarcamos em Santiago. Talvez por não termos tido tempo de planejar e, consequentemente, não termos criado expectativas, aquela viagem acabou sendo uma das melhores da minha vida! Os celulares ainda não tinham GPS como hoje, e resolvemos usar um mapa (como os Astecas e os Maias faziam) para ir de carro até o sul do país. E exatamente por não termos programação, fomos parando, descobrindo cidades, brincando com as lhamas nos campos que ladeavam a estrada, experimentando restaurantes... Foi inesquecível. Então não tive coragem de voltar ao Chile ainda. Fico com receio de não ser tão perfeito e de a nova memória manchar a perfeição da anterior.

É algo que sempre acontece. Se vamos a um lugar esperando ter os sentimentos da primeira vez, isso raramente ocorre. Pode até ser melhor, mas aquela sensação de novidade é difícil reviver.

Isso tudo me faz pensar que o ideal é testar uma nova receita. Ir a um local diferente. Curtir cada idade da minha menininha. Que *o importante é viver plenamente o presente, sem ficar triste pelo que já passou e não volta mais*. Porque sei que, no futuro, também sentirei saudade do que estou vivendo exatamente agora. ♥

Maquiagem social

FEVEREIRO/2024

Uma história chamou a atenção nas redes sociais no mês passado. Uma maquiadora fez um vídeo expondo uma noiva que a contratou para fazer uma maquiagem e ocultou que, na verdade, era para um casamento, e não uma simples maquiagem social. A noiva se defendeu, dizendo que realmente queria uma maquiagem simples, sem nenhum pacote especial para noivas, mas ainda assim a maquiadora se sentiu enganada.

O caso gerou um burburinho na internet, e coincidentemente na mesma semana vivenciei algo parecido. Minha filha está no último ano do ensino infantil, e as mães das crianças da sala se reuniram para fazer uma festa de formatura para elas, no fim do ano. A comissão, ao orçar os salões de festa, constatou que os locais cobravam mais caro quando sabiam que era para uma formatura, e não um aniversário, mesmo com o mesmo número de pessoas.

Essas duas situações me fizeram pensar. Além de achar injusto o mesmo produto ter um preço diferenciado de acordo com a ocasião, o marketing desses fornecedores também deveria melhorar.

A maquiadora, em vez de reclamar publicamente e gerar uma polêmica com várias pessoas a criticando, deveria ter tirado partido da situação e apenas dito: "Ela está linda, e olha que achei que era uma simples maquiagem social!

Imagina se eu tivesse feito a maquiagem de noiva? Iria brilhar ainda mais!". E os buffets infantis, em vez de afastarem pessoas com um valor mais elevado para formaturas, deveriam fazer o contrário, colocar mais acessível, sabendo que tantos clientes em potencial iriam comparecer.

Impossível não comparar com o trato que os consumidores recebem no exterior. Não sei se lá os vendedores têm algum treinamento ou se é o jeito da própria população, mas o fato é que sempre me sinto bem tratada quando viajo.

Eu me casei na Disney. Como é de praxe na organização de casamentos, me perguntaram o número de convidados, para o cálculo do buffet e tudo o mais. Falei que iriam oitenta pessoas, de acordo com as confirmações que eu havia recebido. Porém, quatro convidados acabaram tendo imprevistos de última hora e não puderam comparecer. Tudo bem, isso sempre acontece. Só que, um mês depois, já de volta ao Brasil, me ligaram da Disney dizendo que, como só haviam ido 76 pessoas, iriam me ressarcir o valor de quatro e que o dinheiro seria depositado na minha conta. E realmente foi. Fiquei muito surpresa, pois isso aqui seria impensável.

Outro caso. Uma vez comprei uma bota em uma loja do BH Shopping que estava em promoção. Tinha marrom e preta, eu fiquei na dúvida e acabei escolhendo a marrom. Porém, sou geminiana... Muito indecisa por natureza! Assim que pisei fora da loja, vi uma garota com uma bota preta parecida com a que eu tinha comprado, achei linda, me arrependi e voltei, dizendo que iria levar a preta. Sério, não tinham se passado dois minutos! A vendedora, bem seca (e até o pagamento ela tinha sido um amor), falou que não iria trocar, pois era um item de promoção. Eu expliquei que seria apenas a cor e que ela sabia que eu tinha acabado de sair da loja... Não teve negociação. Só me restou encará-la e enviar todas as vibrações de ódio do fundo do meu ser (já falei que sou geminiana, mas minha lua é em escorpião) e desejar que ela tivesse que passar por aquela mesma situação algum dia.

Bem diferente dos Estados Unidos, quando uma vez comprei um tênis, levei para o hotel e, ao usá-lo dois dias depois, notei que estava machucando um pouco meu pé. Levei-o até a loja apenas para pedir um número maior, mas fizeram questão de me devolver o dinheiro.

Será que não é assim que tem que ser? Entendo que existem regras, mas *humanidade e bom senso não podem faltar*. Essas normas só afastam o consumidor, que se sente lesado e não quer mais voltar. Quando nos sentimos acolhidos, viramos clientes fiéis e fazemos questão de indicar o local ou o serviço.

Talvez essa seja uma lição. A propaganda boca a boca é a mais eficiente. E isso vale tanto para um pacote completo de noivas quanto para uma simples maquiagem social... ♥

Aprendendo a esperar

MARÇO/2024

Até algum tempo atrás, não tínhamos escolha. Éramos obrigados a esperar o tempo todo. Esperávamos na fila do banco, do supermercado, da padaria. Esperávamos o telefone tocar, o filme estar disponível na locadora, os retratos serem revelados... Nascíamos sabendo que era assim que funcionava, e (acho que) ninguém nunca teve um ataque de ansiedade por causa de toda essa espera. Era natural, a gente crescia assim.

Agora tudo ficou mais fácil. A gente paga conta com o celular, faz supermercado pelo aplicativo, as fotos já estão na tela no momento em que são captadas... Isso tudo é muito bom, mas, o que parecia ser um antídoto para a ansiedade, na verdade, a ampliou. Hoje, qualquer espera é demais, queremos tudo imediatamente.

Quando mandamos uma mensagem pelo WhatsApp, por exemplo. Mal terminamos de enviar e já ficamos ali, esperando uma resposta, que, se demora cinco minutos, já é tempo demais, uma falta de educação, um descaso.... Imagina se fosse como antigamente? As pessoas se comunicavam por cartas, era preciso escrever, enviar, esperar chegar ao destinatário, esperar que ele respondesse, esperar que o correio entregasse... E, mesmo quando vieram os e-mails, precisávamos esperar a pessoa ler e responder, o que não sabíamos quando seria.

Se nós, que vivemos essa transição, já nos sentimos incomodados com a espera, imagina quem já nasceu com tudo instantâneo?

Esse é o caso da minha filha. Ela não sabe esperar. Não aprendeu. Nunca teve um motivo para isso. Quer um alimento que não tem em casa? É só pedir pelo app do supermercado, em poucos minutos chega. Quer ver uma amiga? Não precisa esperar até encontrá-la, basta fazer uma chamada de vídeo. Sabe que o que quiser assistir está disponível na televisão, a qualquer momento.

Por isso, quando, por alguma razão, precisa esperar, seja por uma imposição do horário de ver TV, pelo trajeto de uma viagem, seja pela preparação de um prato no restaurante, ela fica muito impaciente. Fala que está demorando, que não tem nada pra fazer (mesmo tendo brinquedos, lápis de cor, livros, tudo previamente preparado para entretê-la durante aquele período), que não gosta de esperar.

Então resolvi voltar no tempo um pouco, para que a Mabel aprendesse. Apresentei *Detetives do Prédio Azul*, um seriado nacional que eu sabia que ela ia amar e que eu achava que só existia na TV aberta. Ela amou, viciou, queria ver todos os episódios já filmados, e é o que está fazendo há meses, a cada vez que chega o horário de ver TV. Apesar de depois eu ter descoberto que tem todas as temporadas também em streaming, continuo fingindo que não sei dessa informação, para que ela tenha que esperar pelo menos o tempinho dos comerciais, como precisávamos fazer antigamente... Aquela pausa interrompia a diversão, geralmente na melhor parte, mas pelo menos

nos fez aprender que *a espera pode ser chata, mas vale a pena*.

Se isso vai fazer com que ela seja um pouco mais paciente, não sei. Vou ter que esperar para ver o que vai acontecer no futuro com essa geração tão imediatista. O único problema é que não sei se vou conseguir aguardar, já estou ansiosa pra saber!

É, acho que eu também estou precisando assistir a uns programas na TV aberta... ♥

A ginástica da menininha

ABRIL/2024

Existem algumas paixões que fazemos questão de levar da nossa vida para a dos nossos filhos. Com a ginástica olímpica foi assim. Pratiquei esse esporte durante boa parte da infância até o meio da adolescência e ainda hoje adoro assistir às provas olímpicas dessa modalidade.

Por essa razão, assim que a Mabel fez 4 anos, a inscrevi em uma aula de ginástica artística (agora é assim que se chama) e, desde então, fico toda orgulhosa ao ver o progresso dela e me lembrando daquela menina que um dia eu fui, fazendo as mesmas rodas, rondadas, paradas de mão e tudo o mais que ela tem aprendido.

A escola onde ela faz aula tem um espaço para os pais ficarem assistindo. Como há várias turmas simultaneamente, o local está sempre bem cheio. E foi sentada ali que certo dia percebi que uma garotinha que faz aula na turma de uma faixa etária acima da Mabel não parava de olhar para a mãe, sentada perto de mim. Ela fazia um exercício e olhava. Fazia outro e olhava de novo. Aquilo me chamou a atenção e comecei a prestar atenção. Logo eu entendi. A cada comando da professora, ela atendia graciosamente, com a perfeição de uma verdadeira ginasta, e em seguida conferia se a mãe tinha visto seu sucesso. Só que a mãe estava com o olhar voltado para o celular, provavelmente trabalhando, pois eventualmente chamava a atenção do filho menor, que estava brincando por ali, mas logo voltava para o telefone.

Até que a professora deu uma pausa para as alunas beberem água, e a menina foi em direção à mãe, que, assim que a viu ali, nem perguntou se era intervalo ou algo assim, fechou a cara e simplesmente mandou que ela voltasse para a aula. A menininha ficou um tempo sem reação, mas então retornou para o meio do ginásio com uma expressão desanimada. Continuou a fazer os exercícios sem tanto brilho, e percebi que não olhou mais para trás.

Eu, por minha vez, fiquei mais um tempo prestando atenção naquela mãe, que continuava a se dividir entre o celular e o filho arteiro, sem dar nem sequer um olhar de relance para a filha, certamente por achar que já tinha visto o suficiente, que a filha estava em boas mãos...

Fiquei o dia inteiro pensando naquela cena. Quantas vezes eu já não fui aquela mãe? Quantas vezes a Mabel já deve ter me olhado para conferir se eu tinha visto suas piruetas e eu nem notei, por estar resolvendo alguma coisa "urgente" no telefone? *Presenciar a minha filha crescer não deveria ser a coisa mais urgente da minha vida?*

Desde então, durante as atividades da Mabel, tenho tentado deixar o trabalho, a leitura ou o que quer que seja para outros horários, e fico atenta a cada salto, plié, nado ou atuação. Sei perfeitamente que essa necessidade de aprovação e vontade de me agradar tem prazo pra acabar, então eu devo aproveitar enquanto é tempo... Porque aquela menininha, fazendo a maior ginástica para ser notada pela mãe, realmente me marcou. ♥

A gota da felicidade

JUNHO/2024

Dinheiro não pode comprar felicidade,
mas compra vinho, que é a mesma coisa.

(Ditado popular)

Todo país tem a sua culinária típica, aquela que nos remete ao lugar só de ver ou provar. Por exemplo, se eu quero uma massa, claro que vou a uma cantina italiana. Deu vontade de comer bacalhau? Restaurante português. Empanadas? Argentino.

E foi por isso que, quando estive no México, há uns anos, eu já esperava comer pimenta até no café da manhã. A culinária mexicana é conhecida por seus pratos picantes, e eu fiquei apaixonada por ela desde uma viagem que fiz a Los Angeles, quando estive em um restaurante tradicional mexicano. O tal restaurante até virou cenário de uma das minhas histórias,[4] um dia vou escrever sobre ele. Mas a história que quero contar hoje é sobre essa outra viagem, em que pude comprovar o que eu já sabia: a culinária mexicana é maravilhosa e viciante.

Mas, na verdade, o propósito do passeio não era gastronômico, e sim literário. Fui convidada para participar

---

[4] *Fazendo meu filme 4.*

da Feira Internacional do Livro de Guadalajara! Foi uma experiência incrível, pois, além de fazer uma sessão de autógrafos na feira, também visitei escolas para falar dos meus livros.

No último dia, fizeram um jantar especial de despedida para os autores, e em certo momento um dos anfitriões, ao encher minha taça, disse: "Olha, você ganhou a gota da felicidade!". Sem entender, perguntei do que se tratava, e ele explicou que essa era uma antiga crença que dizia que a pessoa com a taça onde é despejado o final do vinho de uma garrafa recebe junto alegria e felicidade.

Fiquei muito satisfeita por ter sido a contemplada e, quando voltei pra casa, procurei saber mais a respeito. Não encontrei nada de relevante, a não ser que essa crença realmente existe em Guadalajara e que, por essa razão, eles dedicam a última taça para pessoas especiais.

Acabei levando essa tradição para a vida. Sempre que o vinho está para terminar e vou servir alguém, explico que estou ofertando para aquela pessoa a gota da felicidade e, só de contar do que se trata, todos já ficam felizes, como se tivessem acabado de receber um presente mágico, um encanto, uma bênção. Assim como eu também fiquei na primeira vez que a tal gota foi dada a mim.

Uma noite de vinhos por si só já é uma espécie de ritual. Essa bebida tem um mágico poder de unir as pessoas, de trazer à tona conversas interessantes e lembranças do que amamos, de aguçar sentimentos e de fazer nossos olhos brilharem.

Uma pesquisa com mais de mil casais na Nova Zelândia indicou que a satisfação no casamento é proporcional ao tempo que os parceiros reservam para tomar vinhos juntos. Os resultados mostraram que 91% dos casais que têm esse costume desfrutam da companhia um do outro e estão satisfeitos com o relacionamento – um número bem acima daquele visto em casais abstêmios.

Um estudo espanhol também revelou algo parecido. Depois de acompanhar mais de cinco mil pessoas durante sete anos, cientistas perceberam que o grupo que bebia de dois a sete copos de vinho por semana tinha 32% menos risco de entrar em depressão, em comparação com quem não bebia nada.

Se essas pesquisas estão certas e se a última gota é mesmo um presságio de felicidade, não tenho como garantir. O que sei é que *um bom vinho com amigos sempre traz leveza, risadas e muitas histórias para contar*. E, se isso não é felicidade, então não sei o que pode ser... ♥

Apaixonada por você

AGOSTO/2024

Ainda não sei como isso aconteceu. Como 2.191 dias passaram tão depressa. Como aquela bebezinha chorona, que eu precisava carregar o tempo todo, virou essa menina grande e esperta, que pula, que dança, que me surpreende todos os dias com sua curiosidade, inteligência, talento e personalidade forte.

Parece que foi ontem que fui para o hospital às pressas, porque a médica disse que você tinha que nascer. Você escolheu o dia 21 por já saber que esse é o meu número preferido? Ou foi o destino que quis assim, pra me contar de antemão que você se tornaria a minha pessoa favorita do mundo inteiro? Porque você é, Mabel. Sempre foi. Desde quando ainda morava apenas nos meus sonhos.

Ainda lembro que, no seu primeiro dia neste mundo, você soluçava, gritava e, então, em um momento, segurei seu rostinho entre as minhas mãos e disse que não precisava chorar, que eu estava ali. Você me olhou profundamente e parou, como se tivesse me reconhecido. Foi mágico. E também aquela vez, quando chorei te contando essa história e, ao te olhar, vi que você estava chorando também...

Você é assim. Minha menininha de extremos. Sensível e brava. Levada e doce. Que ama as princesas e os vilões na mesma intensidade. Que adora insetos peçonhentos, mas também é louca por ursinhos de pelúcia. Que passa de gargalhadas a lágrimas em um instante e no segundo seguinte já está gargalhando de novo.

Você que parece ter sido escrita, desenhada, inventada, de tão perfeita que é.

Lembro que, antes de você nascer, eu ficava o tempo inteiro pensando em como você ia ser, desejando ter uma bola de cristal para ver seu rostinho, fazendo mil ultrassons para saber se você estava realmente bem e traçando planos para nossa vida, desejando que ela começasse logo. Mas nem nos meus melhores sonhos eu poderia imaginar que você seria assim. Tão parecida comigo, mas ao mesmo tempo tão diferente.

Minha pequena cientista, bailarina, ginasta e atriz. Minha geniazinha musical, que adivinha qualquer canção na primeira nota. É como se todas as minhas bonecas da infância tivessem se tornado reais, mas mescladas em uma só.... Uma boneca bem geniosa, com vontade própria, que só faz o que quer, na hora que quer e tem sempre que dar a última palavra!

Ah, Bebel. Já são seis anos. Seis anos que eu convivo com essa menininha que, mesmo sendo tão pequena, me mudou tanto. Seis anos intensos, insones, insanos, mas preenchidos com tanto amor que eu gostaria de começar tudo de novo, só para acompanhar seu crescimento dia após dia outra vez... Porque está realmente passando muito rápido, e eu queria que você continuasse pequenininha nos meus braços. Mas uma coisa é certa: para mim você vai ser sempre aquela bebezinha, que me inunda de amor a cada vez que me olha e abre esse sorriso mais lindo do mundo. E, *independentemente do tamanho, prometo que você vai continuar cabendo no meu abraço.*

Feliz aniversário, filhinha! Lembre-se do que eu te digo todas as noites: estou o tempo todo do seu lado. E vou continuar assim. Te ajudando, te aplaudindo, te ensinando. E sempre, sempre, e cada vez mais... apaixonada por você. ♥

Mãos dadas

SETEMBRO/2024

Minha filha acabou de fazer 6 anos. Está em uma fase ótima. Aprendeu a ler e a escrever, não faz mais (tanta) birra, já se veste, toma banho e escova os dentes sozinha... Mas, apesar desse ensaio de independência, ainda pede colo, se esconde em lugares óbvios pensando que ninguém está vendo, pede para repetir mil vezes alguma brincadeira ou história que a tenha feito rir e tem ainda alguns poucos resquícios de bebê, que eu aproveito o máximo que posso, pois sei que estão com os dias contados.

Apesar disso, eu pensava que os traços da adolescência ainda estavam bem distantes. Que eu teria pelo menos mais uns seis anos para curtir a minha menininha, sem que ela entrasse naquele estágio de querer distância dos pais e preferir a companhia dos amigos.

Porém, algo aconteceu que me deixou meio atônita. Umas semanas atrás, o Francisco, o melhor amigo dela, veio almoçar com a gente, e eu levei os dois para a escola. Ao chegar lá, ele colocou a mochila nas costas, se despediu e foi para a entrada. Ela, diferentemente de todos os dias, em vez de me fazer carregar sua mochila até o último instante, simplesmente a pegou e a colocou rapidamente nas costas também. Até então eu estava achando tudo ótimo, já era hora mesmo de ela cuidar do próprio material. Porém, no momento de descer as escadas de acesso ao colégio, em vez de segurar minha mão ou até de pedir colo, como sempre faz, ela simplesmente ignorou a mão que eu estendia em sua direção. Pensando que estava apenas distraída, tentei segurar a mão dela, que a virou para trás, para que eu não a alcançasse.

Olhei, surpresa, para ela e perguntei por que não queria me dar a mão, já sabendo que era por estar com o amigo. Ela só deu um sorriso com cara de levada e entrou correndo na escola, sem nem se despedir de mim. Fiquei olhando para o porteiro, indecisa entre rir e chorar, e só depois de uns segundos percebi que eu ainda estava parada no portão, esperando que ela caísse em si e viesse segurar a minha perna dizendo que queria ficar comigo, do jeito que costumava fazer, ou que pelo menos me desse um beijo de despedida.

Como acontece com frequência, busquei na memória como eu era na idade da Mabel. Totalmente dependente e agarrada à minha família. Fiz questão de ser criança até não poder mais e só lá para o meio dos 14 anos é que comecei a me sentir adolescente. E, mesmo nessa fase, apesar de ser normal um afastamento da família para testar a independência e a autonomia, sempre mantive meus pais por perto, apenas com umas crises de timidez eventuais... Eu fazia minha mãe me deixar a uns dois quarteirões de distância dos pontos de encontro da turma e quase desintegrei de vergonha quando meu pai fez questão de dançar valsa comigo na minha festa de 15 anos, na frente dos meninos que eu paquerava.

Eu espero que com a Mabel aconteça o mesmo, que ela não se afaste muito quando a adolescência chegar... Com essa pequena prévia, já me senti meio abandonada, como se tivesse perdido minha boneca preferida.

A ironia é que a Mabel tem esse nome por causa de uma das minhas personagens, que no começo da adolescência tem a maior discussão com os pais, porque, em vez de ir com eles esquiar no Chile, prefere passar as férias no sítio de uma amiga... Nem quero imaginar o que vou sentir se for trocada assim!

Ainda bem que realmente ainda tenho alguns anos para me preparar, pois o caso da porta da escola foi um episódio isolado. No dia seguinte, ela já estava toda manhosa novamente. Me abraçou ao sair do carro, disse que em vez de ir para a aula preferia ficar comigo e me segurou até o último segundo possível.

Em todo caso, vou deixar aqui um recado para a minha mocinha precoce: Filhinha, a mamãe sempre vai dar o espaço que você precisar, mas saiba que, *em todos os momentos que você permitir, vou querer estar ao seu lado para ouvir suas histórias*, acompanhar suas descobertas e te dar conselhos. E o mais importante: independentemente da sua idade, a minha mão sempre, sempre, vai estar aqui para você! ♥

Você quer ser minha amiga?

OUTUBRO/2024

Sou tímida de nascença. Desde muito nova, lembro que me escondia atrás da minha mãe a cada pessoa desconhecida que nos cumprimentava e, quanto mais tentavam falar comigo, mais vontade de cavar um buraco no chão eu sentia. Na escola não era diferente. Enrubescia até durante aqueles três segundos em que eu ficava em evidência quando a professora dizia meu nome na chamada e eu tinha que responder "presente". Apresentar trabalhos na frente da sala, então, era um martírio, já começava a sofrer dias antes.

Fui melhorando com os anos, especialmente depois que comecei a fazer palestras e bate-papos para centenas de pessoas por causa dos meus livros. Aprendi a conviver com a minha timidez e a não deixar que ela me atrapalhasse, mas algo que piorou com o tempo foi a minha capacidade de fazer amigos. Acho bem complicado puxar assunto com quem não tenho muita intimidade. E exatamente por isso as pessoas que se aproximam das outras sem a menor dificuldade sempre me intrigaram. As que dão o primeiro passo, que não têm o menor medo de cara fechada nem receio de serem rejeitadas.

Meu marido é um desses extrovertidos. Vive rodeado de gente. Fala até com as paredes. Aquariano, sabe? Considera todo mundo seu amigo até que se prove o contrário... E o caso é tão sério que certa vez o ouvi conversando animadamente, pensei que estava com alguém ao telefone, mas, quando me aproximei, entendi que ele estava apenas batendo papo com ele mesmo!

Eu pensava que a Mabel, nossa filha, tinha me puxado nesse quesito, pois ela é bem tímida com quem não conhece, mas comecei a perceber que, para interagir com outras crianças, isso não se aplica. Basta ver alguma que ela já se aproxima e poucos segundos depois está brincando como se a tivesse conhecido ainda no berçário!

Curiosa, tive a seguinte conversa com ela:

– Você faz amigos fácil, né?

– Faço, mamãe... É só perguntar: Qual o seu nome? Quer brincar comigo?

Suspirei, pensando em como seria se agíssemos assim. Ainda mais nos dias de hoje... Se alguém que não conhecemos chega perto, já ficamos meio ressabiados, com medo de sermos assaltados.

Mas acho, na verdade, que não é que me falte traquejo social. A falta de tempo dificulta bem mais. Amizades precisam de tempo para se solidificar, mas quem tem tempo hoje em dia? Tenho um grupo de amigas que se veem em várias épocas do ano, mas nunca todas ao mesmo tempo. No Natal fazemos um esforço para o grupo estar completo, porém marcamos esse encontro com antecedência de seis meses! E tenho consciência de que essas amizades continuam durando por causa da base concreta, elas foram iniciadas lá na infância e adolescência.

Outra coisa que acho que atrapalha a fazer novos amigos é o *background*. Quando se é criança, você não está nem aí se a amiguinha é fã de sertanejo, se prefere praia a piscina, se gosta de ficar em casa ou tem necessidade de sair várias vezes por semana. Mas, quando se é adulto, isso importa. Queremos estar perto de quem é parecido com a gente.

No meu caso, acho que no pódio das dificuldades continua ganhando a timidez. Vejo isso, por exemplo, na porta da escola da Mabel: sempre várias mães estão conversando na entrada ou na saída. Eu fico curiosa para saber o assunto, mas, a cada vez que eu me aproximo, fico mais ouvindo, sem participar muito. Devem me achar meio esnobe, mas na verdade é só vergonha de entrar no meio da conversa. Já no grupo das mães do WhatsApp, eu sou superativa. *Por escrito, timidez nenhuma é páreo para mim.*

Porém, como eu contei, a Mabel é tímida, mas se esquece desse detalhe na hora de fazer amizade. Acho, então, que devo aprender com minha filha e me esforçar um pouco mais, porque estudos dizem que devemos constantemente fazer novos amigos, para que tenhamos sempre muitas opções e a solidão nunca bata à nossa porta.

Então, você aí que está lendo esta crônica…. Qual é seu nome? Quer brincar comigo? ♥

Zero problemas e um contratempo

DEZEMBRO/2024

Recentemente viajei para Nova York. Eu e a Renata, minha amiga de infância, estávamos planejando esse passeio havia meses, mas, com a agenda apertada que temos, chegamos a pensar que a viagem não aconteceria... Porém, com o final do ano se aproximando, retomamos o assunto, pois a decoração de Natal de Nova York é imperdível!

Assim que vislumbrei a possibilidade de uma semana sem nenhum compromisso, conversei com ela e, após alguns ajustes nas datas, concluímos que conseguiríamos fazer a viagem. Mas ainda tinha uma questão para resolver... A gente realmente *queria* ir? Ou melhor, a gente queria largar os filhos aqui?

Acho que esse é um dilema que todas as mães vivem quando vão passar uns dias longe da família. Na minha cabeça, por exemplo, começa a pipocar questionamentos de tudo que pode dar errado. E se o avião cair? E se acontecer um ataque terrorista? Como a Mabel vai viver sem mim? Tudo que eu mais quero é vê-la crescer! Mas e se não acontecer nada comigo, e sim com ela? Vai que ela se machuca de alguma maneira... E se ficar doente? Ninguém vai cuidar dela tão bem quanto eu!

Ficamos nessa lenga-lenga por algumas semanas, até que me encontrei com a Elisa, minha prima, contei que estávamos planejando ir para NY, e ela na mesma hora falou que ia junto. A atitude decidida dela – que tem não apenas um, mas dois filhos! – reacendeu a minha vontade. Contei isso para a Renata, que também falou com a Chris, outra amiga nossa que já tinha dito que, se a gente fosse, ela animava. Em menos de 24 horas, estávamos com as passagens compradas!

Nós ficamos em um hotel ótimo, o clima estava do jeito que eu gosto, frio na medida certa. Fizemos compras, jantamos em ótimos restaurantes, *visitei locais que são cenários dos meus livros e passei por vários outros que me deram inspiração para novos capítulos*... Tudo realmente perfeito.

Até que, no dia de ir embora, como tínhamos que entregar os quartos ao meio-dia, o hotel ofereceu de guardar nossas malas para que pudéssemos aproveitar mais um pouco, pois o nosso voo era só à noite. Adoramos a sugestão, deixamos tudo pronto e realmente aproveitamos até o último segundo. Mas foi na saída, depois de buscarmos as malas, que a história tomou outro rumo.

Tínhamos contratado no próprio hotel um carro grande para nos levar ao aeroporto, já que cada uma de nós estava com duas malas. Porém, ao chegarmos lá, o embarque estava tão cheio que a motorista parou em fila dupla, retirou nossa bagagem depressa do porta-malas e foi embora mais rápido ainda. Foi só nesse momento que percebemos que, no meio das nossas, tinha uma mala que não era de nenhuma de nós! Provavelmente era de algum outro hóspede e tinha vindo por engano.

Vejam bem... Meu marido é delegado. Eu já ouvi várias histórias de pessoas que tiveram problemas em aeroportos, tanto que, na hora do embarque, a companhia aérea pergunta mil vezes se deixamos nossa mala desacompanhada, se fomos nós mesmos que a preparamos... Por isso minha primeira reação foi de pânico! Como assim estávamos com uma bagagem que não era nossa sem ter ideia do que estava dentro dela? E se tivesse drogas? Uma bomba? Itens roubados?

Falei depressa pra gente largar aquilo no mesmo lugar que a motorista deixou, mas a Elisa, a organização em pessoa, pegou a mala e a levou para dentro do aeroporto, ao mesmo tempo que a Renata telefonava para o hotel para avisar o que havia acontecido, pois provavelmente algum hóspede estava lá desesperado. Na verdade, ninguém sabia de nada nem tinha dado falta de bagagem nenhuma. Depois de mais alguns minutos de suposições angustiantes, enquanto eu e a Chris só faltávamos ter um ataque do coração, a Elisa falou que ia dar um jeito e a levou para o "Achados e Perdidos", explicando a situação para vários seguranças, que entenderam e aceitaram ficar com a mala.

Corremos para embarcar, imaginando mil cenários de filme de terror que poderiam ter acontecido: nos colocarem em uma salinha até que achassem o dono da mala, sermos deportadas sem poder voltar nunca mais para os Estados Unidos (como eu ia viver sem a Disney?), sermos responsabilizadas e presas por algo ilícito que estivesse dentro dela...

Graças a Deus, nada disso aconteceu, e aprendemos uma lição: de agora em diante, vamos conferir muito bem a bagagem que está sendo colocada dentro do veículo que vai nos levar para aeroporto.

Já na sala de embarque, bem mais calmas, a Elisa falou: "A viagem foi ótima, zero problemas", ao que eu corrigi, dizendo que havíamos acabado de ter um. Mas a Renata replicou na mesma hora: "*Zero* problemas! O caso da mala não foi um problema, foi um pequeno contratempo, nada que tenha maculado a viagem!".

Ela tinha razão. Zero problemas e um contratempo.

Na verdade, acho que isso só aconteceu porque nós tínhamos que ter alguma história pra contar! Agora já estamos até ansiosas pela próxima viagem. Só espero que o título da crônica que eu vier a escrever depois dela seja outro: "Zero problemas e *nenhum* contratempo"! ♥

A história da Pretinha

JANEIRO/2025

Hoje vou contar pra vocês a história da Pretinha, a gata mais gente boa que já existiu.

Tudo começou em janeiro de 2011. Eu estava em Varginha por uns meses, onde o Kiko, meu marido, trabalhava, e, um dia, quando saíamos de um restaurante, um gatinho filhote apareceu perto do nosso carro. Eu o chamei, e ele veio sem nem titubear! Olhei em volta, perguntei para algumas pessoas de quem ele era, e falaram que não era de ninguém, que o gato só ficava por ali esperando que jogassem restos de comida. Não tive dúvidas. Peguei o gatinho, sem ter a menor ideia do que fazer com ele, mas não queria deixá-lo na rua.

Nessa época, o Miu Miu – o gato que me ensinou a amar gatos – tinha 10 meses e estava em Varginha com a gente. Então levei o outro gato para casa e dei um pouco de ração, enquanto pensava nos próximos passos. Prendi o Miu Miu em um quarto (fiquei com receio de o gatinho ter alguma doença e também de o Miu Miu bater nele) e deixei o Ron Ron – nome que dei para ele, por ronronar o tempo todo – explorar o local. Ele andou por todos os lados, comeu, bebeu e em certo momento sumiu. Fui procurá-lo e o encontrei confortavelmente deitado na caixinha de areia do Miu Miu. Quase chorei imaginando que o pobrezinho tinha achado que aquele banheiro era uma caminha para ele!

Só que, como eu disse, o Miu Miu foi o primeiro gato na vida de alguém que teve cachorros desde que nasceu... Eu ainda não era completamente viciada em gatos como sou agora e pensava que ele seria o único da espécie na minha vida. E por isso fiz algo de que hoje em dia me arrependo profundamente. Em vez de ficar com o Ron Ron – o que sem a menor dúvida eu faria hoje –, o levei para o trabalho do meu marido, uma delegacia onde tinha um pátio enorme e ele poderia ficar bem por um tempo, até arrumarmos um adotante. Começamos a cuidar dele lá. Compramos ração, cama, colocamos água... E tudo ia bem, meu marido o via todos os dias, até que no fim de semana seguinte, quando fui visitá-lo, o porteiro veio contar que tinha um gato preto grande indo lá bater no Ron Ron porque queria comer a ração dele. E completou dizendo que estavam jogando umas pedras para afugentá-lo. Quase tive um ataque! Jogando pedras?! Como assim? O pobre do gato devia estar morrendo de fome! Eles tinham é que dar comida para ele também!

O porteiro ficou meio sem graça e me mostrou que ele se escondia em um depósito cheio de móveis velhos que tinha lá. Na mesma hora, peguei o pote de ração, me sentei na frente do tal depósito e comecei a chamá-lo, sacudindo o potinho. Um pouco depois, o gato preto apareceu. Com medo de ele ser bravo, coloquei o potinho no chão na minha frente, esperando que ele viesse comer. Para minha surpresa, ele passou pelo pote e veio direto para o meu colo! Meu marido, em pé, pronto para espantar o gato, avisou para eu tomar cuidado, pois ele poderia me morder ou arranhar, e a gente não sabia se tinha doenças. Mas logo percebi que não tinha risco nenhum. Ele estava até ronronando. Ou melhor, *ela*. Porque, assim que notei que não oferecia perigo, comecei a fazer carinho e vi que era uma fêmea... e grávida!

Essa parte da narrativa eu já contei com mais detalhes em outra crônica,[5] mas o que importa é vocês saberem alguns fatos:

1. Acolhemos a gata e, um tempo depois, ela acabou tendo quatro filhotes ali. Três foram adotados e uma deixamos com ela, para fazer companhia. Levamos mãe e filha para castrar, e elas viveram felizes no local por vários meses.

2. O Ron Ron sumiu depois de uns dias, talvez tenha fugido com medo da gata, e nunca mais apareceu. Eu até hoje me arrependo de não ter ficado com ele.

Mas, voltando à história da gata, ou melhor, da *Pretinha*, tudo ia bem. Ela tinha ganhado um nome, coleira com identificação, cama, comida, água fresca e o amor de muita gente que trabalhava ali, pois ela tinha algumas particularidades. Era tão simpática que se sentava no colo de qualquer um que estivesse na sala de espera. E era tão higiênica que só fazia xixi na privada, como se fosse gente! Ela virou a mascote daquela delegacia.

Até que, vários meses depois, sua filhinha, que não tinha vivido anos sem residência fixa como a mãe e não entendia os perigos da rua, acabou sendo atropelada bem na entrada do pátio. Elas não costumavam sair, foi uma simples escapada da gatinha que acabou gerando essa fatalidade. A Pretinha ficou muito deprimida. Ela ia de sala em sala miando, procurando sua filha, perdeu o apetite, emagreceu... E foi então que começamos a pensar em levá-la para nossa casa, porque, apesar de todo mundo ali gostar muito dela, a Pretinha merecia viver em segurança.

---

[5] "Amor maternal", que está no meu livro *Apaixonada por histórias*.

Nessa época eu já tinha também a Snow, e meu maior receio era de que ela e o Miu Miu não gostassem da Pretinha, por isso resolvemos fazer uns testes antes. A gente tinha medo também de que a Pretinha não se acostumasse a morar em um local todo telado, já que sempre tinha vivido solta. Mas no primeiro dia vimos que ela não só se acostumaria, como gostaria muito daquilo. Ela parecia ter nascido para morar em um apartamento! Ficou o tempo todo no colo e quis dormir na nossa cama!

Depois de um período de adaptação com o Miu Miu e a Snow, pois acabei aprendendo que gatos adultos só ficam amigos se forem apresentados gradualmente, ela ganhou seu lar definitivo. E o nosso único arrependimento foi de não a ter trazido no primeiro dia que nos encontramos. Porque agora, 14 anos depois e com o coração despedaçado, *tudo que eu queria era ter ficado com ela por mais tempo*.

Infelizmente, a vida dos gatos é muito mais curta do que a dos humanos, e chegou a hora de se despedir, depois de ter marcado a minha história com a história dela.

Ah, Pretinha, minha Pitchuca, nossa Maria Preta. Como você vai fazer falta! Vamos sentir saudade das suas patinhas nos abraçando na hora de dormir, do momento da história no quarto da Mabel, da sua presença constante no sofazinho cinza e na caminha vermelha, e do seu jeitinho tão doce e sempre presente. Você encantou a todos que te conheceram, a gata mais sociável do mundo!

Obrigada por alegrar os nossos dias e fazer a nossa vida mais feliz, minha filhinha. Nunca vamos te esquecer. Nem deixar de te amar. ♥

FEVEREIRO/2025

> *Promete que não vai crescer distante*
> *Promete que vai ser pra sempre assim*
> *Promete esse sorriso radiante*
> *Todas as vezes que você pensar em mim*
>
> (Ana Vilela)

Filhinha, você adora uma promessa. Exige que a gente cumpra cada combinado como se tivesse sido gravado a ferro e fogo. Se tivermos planejado ir à pracinha, é obrigatório que a gente vá, mesmo que na hora esteja caindo uma tempestade de granizo, que alienígenas tenham tomado o local, que um apocalipse zumbi tenha começado bem ali. Voltar atrás ou mudar os planos é algo que você não quer nem imaginar, e fica bem revoltada quando a gente tem que fazer isso.

Por essa razão, já que você leva as promessas tão a sério, desta vez vou virar o jogo e pedir que você me prometa algumas coisinhas...

Promete que sempre vai me chamar de *mamãe*? Mesmo quando você tiver 47 anos e três filhos te chamando de mamãe também, promete que vai continuar a me chamar assim? Porque, quando você diz: "Né, mamãe?", pedindo minha confirmação do que quer que seja, com a voz mais doce do mundo, meu coração derrete mais que chocolate no sol, e eu quero ouvir esse "mamãe" pelo resto da vida. Nada de "mãe", tá? Quero ser para sempre a sua *mamãe*.

Promete também que vai continuar me puxando para contar no meu ouvido segredos que você quer que só eu escute? Até quando você for adolescente e tiver várias amigas que vai considerar mais sabidas do que eu?

E, por falar em adolescência, promete que não vai me afastar quando estiver no auge dessa fase? Que vai me contar sobre seus romances e paqueras, ainda que me considere velha e antiquada? Eu nunca vou te julgar. Nunca vou te proibir do que quer que seja (apenas se isso colocar sua vida e integridade em risco, porque é que isso está lá no contrato de mãe que eu assinei antes de você nascer, e eu não posso rescindir).

Promete que vai usar essa força de vontade e atitude toda que você tem também para conquistar o que quiser na sua vida? Que vai perseguir os seus objetivos e convencer quem quer que seja até conseguir, do mesmo jeito que faz hoje em dia quando deseja algo, ainda que seja apenas comer a sobremesa antes do almoço?

Promete que, se a gente brigar pelo motivo que for, vamos sempre fazer as pazes logo em seguida, da mesma forma que fazemos hoje, pedindo desculpas e nos abraçando?

Por último, promete que nunca vai descumprir essas promessas? Que vai levá-las adiante mesmo no caso da invasão alienígena ou do ataque zumbi?

Eu espero que sim, senão vou fazer a mesma birra que você faz quando seus planos não saem como planejado. Vou chorar, vou gritar, vou falar que "não é justo"...

Mas saiba que, independentemente do cumprimento deste acordo, eu prometo que você vai ser para sempre a pessoa mais importante pra mim e que eu só vou desfazer nossos combinados se for realmente necessário. Que tudo que eu fizer vai ser pensando em te fazer feliz. E eu prometo também que *vou te amar para sempre*. E nem a maior tempestade do mundo vai mudar isso. Eu prometo. ♥

LEIA TAMBÉM, DE **PAULA PIMENTA**

MINHA VIDA FORA DE SÉRIE
1ª TEMPORADA
408 páginas

MINHA VIDA FORA DE SÉRIE
2ª TEMPORADA
424 páginas

MINHA VIDA FORA DE SÉRIE
3ª TEMPORADA
424 páginas

MINHA VIDA FORA DE SÉRIE
4ª TEMPORADA
448 páginas

MINHA VIDA FORA DE SÉRIE
5ª TEMPORADA
624 páginas

FAZENDO MEU FILME 1
A ESTREIA DE FANI
336 páginas

FAZENDO MEU FILME 2
FANI NA TERRA DA RAINHA
328 páginas

FAZENDO MEU FILME 3
O ROTEIRO INESPERADO DE FANI
424 páginas

FAZENDO MEU FILME 4
FANI EM BUSCA DO FINAL FELIZ
608 páginas

FAZENDO MEU FILME
LADO B
400 páginas

FAZENDO MEU FILME EM QUADRINHOS 1
ANTES DO FILME COMEÇAR
80 páginas

FAZENDO MEU FILME EM QUADRINHOS 2
AZAR NO JOGO, SORTE NO AMOR?
88 páginas

FAZENDO MEU FILME EM QUADRINHOS 3
NÃO DOU, NÃO EMPRESTO, NÃO VENDO!
88 páginas

APAIXONADA POR PALAVRAS
160 páginas

APAIXONADA POR HISTÓRIAS
176 páginas

UM ANO INESQUECÍVEL
400 páginas

CONFISSÃO
80 páginas

Este livro foi composto com tipografia Electra LT e impresso
em papel Offset 120 g/m² na Formato Artes Gráficas.